Kafka zum Vergnügen

Kafka zum Vergnügen

Herausgegeben von
Frank Möbus

Mit 12 Abbildungen

Philipp Reclam jun. Stuttgart

RECLAMS UNIVERSAL-BIBLIOTHEK Nr. 18635

Umschlagillustration: Nikolaus Heidelbach, Köln
Umschlaggestaltung: Eva Knoll, Stuttgart
Gesamtherstellung: Reclam, Ditzingen. Printed in Germany 2011

ISBN 978-3-15-018635-0

www.reclam.de

Inhalt

Vorwort

Kafka – zum Vergnügen!?

10. April 1917, Dr. Siegfried Wolff (Berlin) an Dr. Franz Kafka (Prag):

Sehr geehrter Herr,

Sie haben mich unglücklich gemacht.
Ich habe Ihre Verwandlung gekauft und meiner Kusine geschenkt. Die weiß sich die Geschichte nicht zu erklären.
Meine Kusine hats ihrer Mutter gegeben, die weiß auch keine Erklärung.
Die Mutter hat das Buch meiner andern Kusine gegeben und die hat auch keine Erklärung.
Nun haben sie an mich geschrieben. Ich soll ihnen die Geschichte erklären. Weil ich der Doctor der Familie wäre. Aber ich bin ratlos.
Herr! Ich habe Monate hindurch im Schützengraben mich mit den Russen herumgehauen und nicht mit der Wimper gezuckt. Wenn aber mein Renommee bei meinen Kusinen zum Teufel ginge, das ertrüg ich nicht.
Nur Sie können mir helfen. Sie müssen es; denn Sie haben mir die Suppe eingebrockt. Also bitte sagen

Sie mir, was meine Kusine sich bei der Verwandlung zu denken hat.

Mit vorzüglicher Hochachtung ergebenst

Dr Siegfried Wolff*

Wir wissen nicht, ob Franz Kafka geholfen hat, Herrn Dr. Wolffs Renommee bei Tante und Cousinen zu retten (sehr wahrscheinlich ist das indes nicht). Und wir wissen auch nicht, wie ungezählt viele Doktoren – einschließlich des Herausgebers dieses Bandes – seit 1917 vergeblich versucht haben, diese ihnen von Franz Kafka servierte Suppe auszulöffeln, nämlich ihren Familien, Studierenden, ihrer Schüler- oder Leserschaft zu erklären, was man sich bei der *Verwandlung* ›zu denken‹ habe.

Gewiss hingegen ist, dass kaum einer der zahllosen Texterklärer von Kafkas Prosa sein Scheitern in so entwaffnend direkte Worte zu fassen wusste wie jener Siegfried Wolff: Den Schützengraben des Ersten Weltkriegs dem Versuch einer Erzählungsinterpretation, scharf schießende russische Soldaten wissbegierigen Cousinen und der Tante vorzuziehen – auf diese Idee muss man erst einmal kommen.

* ›Nur Sie können mir helfen‹. Ein Berliner Leser namens Siegfried Wolff an Franz Kafka, Berlin-Charlottenburg, 10. April 1917, Marbach am Neckar 2002. (Marbacher Faksimile, Nr. 43.)

Es ist sicher keine unfreiwillige Komik, von der dieser Brief getragen ist. Der promovierte Berliner Bankdirektor Siegfried Wolff war 1915 im Krieg verwundet worden;* eine solche Formulierung lief ihm gewiss nicht von ungefähr aus der Feder.

Die Sorge des Dr. Siegfried Wolff ob der Vergeblichkeit seiner interpretatorischen Bemühungen wirkt freilich eher banal, verglichen mit den Sorgen des Gregor Samsa, der sich eines Morgens »in seinem Bett zu einem ungeheueren Ungeziefer verwandelt« gefunden hat, zu einem gewaltigen Käfer:

> ›Wie wäre es, wenn ich noch ein wenig weiterschliefe und alle Narrheiten vergäße‹, dachte er, aber das war gänzlich undurchführbar, denn er war gewöhnt, auf der rechten Seite zu schlafen, konnte sich aber in seinem gegenwärtigen Zustand nicht in diese Lage bringen. Mit welcher Kraft er sich auch auf die rechte Seite warf, immer wieder schaukelte er in die Rückenlage zurück. Er versuchte es wohl hundertmal, schloss die Augen, um die zappelnden Beine nicht sehen zu müssen, und ließ erst ab, als er in der Seite einen noch nie gefühlten, leichten, dumpfen Schmerz zu fühlen begann.

* Vgl. Jochen Meyer, »Diese Suppe hat ihm Kafka eingebrockt. Was haben *Die Verwandlung*, ein Berliner Bankdirektor und Hedwig Courths-Mahler miteinander zu tun? Eine Spurensuche«, in: *Frankfurter Allgemeine Zeitung*, 8. Juli 2006, S. 53.

›Ach Gott‹, dachte er, ›was für einen anstrengenden Beruf habe ich gewählt! Tagaus, tagein auf der Reise. [...] Der Teufel soll das alles holen!‹

In solch einer Situation, sollte man denken, stünde der Ärger über die Anstrengungen des Berufslebens und die Mühsal der Dienstreisen eher etwas weiter unten auf der Tages-Agenda. Über Siegfried Wolffs Brief lachen wir gerne. Über Gregor Samsa hingegen nicht. Er werde sich »gleich anziehen, die Kollektion zusammenpacken und wegfahren«, versucht Gregor dem vollkommen konsternierten Prokuristen zu versprechen: »Sie sehen, ich bin nicht starrköpfig und ich arbeite gern«. »Und haben Sie die Güte, das zu sagen und mich dem Herrn Chef zu empfehlen!«, erbittet das mannsgroße Insekt. Zu verstehen ist das freilich nicht. Aber komisch ist es doch in jedem Falle.

Franz Kafka selbst könnte das ähnlich gesehen haben. Am 1. März 1913 schrieb er des Nachts an seine Verlobte Felice Bauer, nachdem er beim Freund Max Brod aus der *Verwandlung* vorgelesen hatte: »Ein schöner Abend bei Max. Ich las mich an meiner Geschichte [*Die Verwandlung*] in Raserei. Wir haben es uns dann wohl sein lassen und viel gelacht.« Ob auch über Gregor Samsas Sorgen gelacht worden ist, wissen wir allerdings nicht.

Sehr wohl wissen wir hingegen, dass *Die Verwandlung* einer jener Texte ist, denen die deutsche Sprachgeschichte das Wort »kafkaesk« verdankt, mit dem – sehr ungefähr, kaum genau definierbar – dunkel-beängstigende Ungewissheiten, mysteriöse Bedrohungen, scheinbar grundlose Metamorphosen der Realität oder allmächtige Bürokratien bezeichnet werden.

Es gibt noch andere Schriftsteller, denen wir Adjektive verdanken, die sich auch in der Umgangssprache durchgesetzt haben: Für »sadistisch« stand der Marquis de Sade Pate; für »masochistisch« Leopold von Sacher-Masoch. ›Goethesk‹ oder ›grassistisch‹ kennen wir hingegen nicht, auch für ›böllsch‹ oder ›schilleresk‹ gibt es keine Belege. ›Celanisch‹ ist kaum vorstellbar, und ›rühmkorfesk‹ wäre zwar wünschenswert, aber nicht durchsetzungsfähig. Burleske, Groteske, Humoreske und Arabeske sind als Gattungen sehr andere Dinge. Das Wort »kafkaesk« bezeichnet aber eine *Stimmung*, und zwar eine solche, die sich der genauen Erklärung entzieht.

Angesichts der Eigenschaftswörter »masochistisch« und »sadistisch« scheint es für Literaten eine eher zweifelhafte Ehre zu sein, lexikalisch Pate gestanden zu haben.

Offensichtlich war es schon zu seinen Lebzeiten nicht auf den ersten Blick zu erkennen, dass Franz Kafka, übrigens ein begeisterter Fan Charlie Chaplins, Humor hatte. Felice Bauer jedenfalls glaubte er das schriftlich versichern zu müssen:

»Ich kann auch lachen, Felice, zweifle nicht daran, ich bin sogar als großer Lacher bekannt, doch war ich in dieser Hinsicht früher viel närrischer als jetzt« (siehe hier S. 97), und die Geschichte, die er ihr zum Beweis dieser Behauptung erzählt, ist tatsächlich komisch. Und auch in seiner Prosa finden sich genug Beispiele für seinen sehr speziellen Humor, der eigentlich eine vergnügliche Lektüre garantieren sollte. Schon der früheste Erzähltext, der überhaupt von ihm erhalten ist, legt Zeugnis davon ab, die *vertrackte Geschichte vom schamhaften Langen und vom Unredlichen in seinem Herzen*, die er am 20. Dezember 1902 in einem Brief an Oskar Pollak erzählte und die den Auftakt dieses Bandes bildet (S. 19 ff.). Sie spielt in einem merkwürdig-traumhaften Szenario und gipfelt in einem sehr bizarren Geschehen:

> Auch der Lange lächelte und seine Augen krabbelten verlegen an den glänzenden Westenknöpfen des Gastes. Der drehte die Augenlider in die Höhe und die Worte gingen aus seinem Mund. Das waren feine Herren mit Lackschuhen und englischen Halsbinden und glänzenden Knöpfen, und wenn man sie heimlich fragte: ›Weißt du, was Blut aus Blut ist?‹, so antwortete einer anzüglich: ›Ja, ich habe englische Halsbinden.‹ Und kaum waren die Herrchen aus dem Munde draußen, stellten sie sich auf die Stiefelspitzen und waren groß, dann

tänzelten sie zum Langen hin, kletterten zwickend und beißend an ihm hinauf und stopften sich ihm mühselig in die Ohren.

Imaginiert man sich diesen Vorgang vor dem inneren Auge, könnte man auf die Idee verfallen, Franz Kafka entwürfe hier so etwas wie das Drehbuch für einen Zeichentrickfilm oder für dessen medialen Vorläufer, das bereits um 1860 entwickelte Daumenkino (in dem aber kein Dialog möglich ist, wie Kafka ihn in seinen Text eingefügt hat).

Freilich konnte Kafka anno 1902 noch keinen Trickfilm gesehen haben, da diese Art der Animation erst Jahre später in Amerika erfunden und noch später in Europa populär wurde. Auf der Homepage der amerikanischen Library of Congress* im Internet kann man die filmischen Cartoons der Pionierzeit wie *Humorous Phases of Funny Faces* von J. Stuart Blackton (1906) oder Winsor McCays *Little Nemo* (1911) studieren, um eine Ahnung davon zu erhalten, wie man sich die *vertrackte Geschichte vom schamhaften Langen und vom Unredlichen in seinem Herzen* auf der Leinwand vielleicht vorstellen könnte. Dieses Lese- (oder Visualisierungs-)Vergnügen sollte man allerdings besser nicht mit der Erwartungshaltung einer

* http://www.loc.gov/index.html – die genannten Filme sind auch bei www.youtube.com zugänglich.

Wolffschen Cousine angehen: Wer wüsste schon zu erklären, was »anzüglich« am Tragen englischer Halsbinden, die heute als Fliegen bekannt sind, sein mag und warum dies das Wissen darum begründet, »was Blut aus Blut ist«?

Vielleicht ist die Tatsache, dass ein Buchtitel wie *Kafka zum Vergnügen* Teilen der Leserschaft ein wenig befremdlich anmuten mag, Ausdruck eines der möglicherweise hartnäckigsten Vorurteile der literarischen Rezeptionsgeschichte. Das Bild, das man sich heute gemeinhin vom am 3. Juli 1883 in Prag geborenen und am 3. Juni 1924 in Kierling, nicht weit entfernt von Wien gestorbenen Versicherungsjuristen und Schriftsteller macht, lässt wenig Raum für Adjektive wie »vergnüglich«, »humorvoll« oder »komisch«. Kafka gilt als psychisch isolierte, suizidgefährdete Persönlichkeit, als bindungsunfähiger Selbstzweifler, pathologischer Selbstbeobachter mit entschiedenem Hang zur Hypochondrie, als schwer unter dem Konflikt mit seinem übermächtigen Vater leidender, ständig kränkelnder Problemcharakter mit Minderwertigkeitskomplexen und literarischen Versagensängsten. Er gilt als Mensch, dessen Biographie von einer schier endlosen Aneinanderreihung von Scheiterungen geprägt ist – und als hellsichtiger Prophet der heraufziehenden ideologischen Finsternisse des 20. Jahrhunderts zudem.

Unser Kafka-Bild ist auch geprägt von den Folgerungen, die man aus Tagebuch-Eintragungen wie diesen zieht:

> Heute früh zum erstenmal seit langer Zeit wieder die Freude an der Vorstellung eines in meinem Herzen gedrehten Messers. (2. November 1911)

> Immerfort die Vorstellung eines breiten Selchermessers, das eiligst und mit mechanischer Regelmäßigkeit von der Seite her in mich hineinfährt und ganz dünne Querschnitte losschneidet, die bei der schnellen Arbeit fast eingerollt davonfliegen. (4. Mai 1912)

> Ein Traum: Zwei Gruppen von Männern kämpften miteinander. Die Gruppe, zu der ich gehörte, hatte einen Gegner, einen riesigen nackten Mann, gefangen. Fünf von uns hielten ihn, einer beim Kopf, je zwei bei den Armen und Beinen. Leider hatten wir kein Messer, ihn zu erstechen, wir fragten in der Runde eilig, ob ein Messer da sei, keiner hatte eines. Da aber aus irgendeinem Grunde keine Zeit zu verlieren war und in der Nähe ein Ofen stand, dessen ungewöhnlich große gußeiserne Ofentüre rotglühend war schleppten wir den Mann hin, näherten einen Fuß des Mannes der Ofentüre, bis er zu rauchen begann, zogen ihn dann wieder zurück und ließen ihn ausdampfen, um ihn bald neuerlich zu nähern. (Ende April 1916)

Das wäre allenfalls von denen ›vergnüglich‹ zu nennen, deren psychische Disposition in Anlehnung an Leopold von Sacher-Masoch und dem Marquis de Sade zu beschreiben wäre. Für Kafka waren solcherlei Tag-und-Nacht-Albträume allerdings wohl eher Qual als Lust. Und das ist es eben, was unser Kafka-Vorurteil wesentlich bestimmt: die Vorstellung eines selbstquälerischen Menschen, dessen Texte uns zwar hochgradig aufregend, interpretationsbedürftig, vielschichtig und interessant – aber eben auch ausgesprochen unvergnüglich erscheinen. Die unlösbaren Rätsel des *Schloss*-Romans und die Frage nach dem Grund für *Die Verwandlung* Gregor Samsas, der *Prozess* gegen den unschuldig Schuldigen Josef K., der Selbstmord in der Erzählung *Das Urteil* und die Wirrsale des *Verschollenen* sind es, die unser Vorverständnis bei der Kafka-Lektüre bestimmen.

Dem ›ganzen‹ Kafka wird man damit nicht gerecht. Der *Kübelreiter* der gleichnamigen Erzählung (S. 160 ff.) und »Odradek« aus der *Sorge des Hausvaters* (S. 157 ff.) zum Beispiel sind hochgradig amüsante, ja komische Figuren. Für eine solche Behauptung gerät man einzig und allein aus einem Grunde in Begründungszwang: Weil der Name Franz Kafka über diesen Texten steht.

In dieser kleinen Anthologie von Erzähltexten, Aphorismen, Briefen und Tagebuchaufzeichnungen muss man deshalb vielleicht zunächst ein wenig nach dem Vergnügen suchen. Aber allenfalls Cousinen und Tanten von Dr. Siegfried Wolff dürften ernsthafte Schwierigkeiten dabei haben, fündig zu werden.

Prag zur Zeit Kafkas

Ouverture

Brief an Oskar Pollak

[Prag, Stempel: 20. XII. 1902]

Prag lässt nicht los. Uns beide nicht. Dieses Mütterchen hat Krallen. Da muss man sich fügen oder –. An zwei Seiten müssten wir es anzünden, am Vyšehrad* und am Hradschin**, dann wäre es möglich, dass wir loskommen. Vielleicht überlegst Du es Dir bis zum Karneval.

Du hast schon viel gelesen, aber die vertrackte Geschichte vom schamhaften Langen und vom Unredlichen in seinem Herzen kennst Du nicht. Denn sie ist neu und sie ist schwer zu erzählen.

Der schamhafte Lange war in einem alten Dorf verkrochen zwischen niedrigen Häuschen und engen Gässchen. So schmal waren die Gässchen, dass, wenn zwei zusammen gingen, sie sich freundnachbarlich aneinander reiben mussten, und so niedrig waren die Stuben, dass, wenn der schamhafte Lange von seinem Hockstuhl sich aufreckte, er mit seinem großen eckigen Schädel geradewegs durch die Decke fuhr und ohne sonderliche Absicht auf die Strohdächer niederschauen musste.

* Frühmittelalterlicher Burgwall, später ausgebaut zu einer Festung in der Innenstadt von Prag.

** Name des Hügels, auf dem sich die Prager Burg befindet.

Der Unredliche in seinem Herzen, der wohnte in einer großen Stadt, die betrank sich Abend für Abend und war rasend Abend für Abend. Dieses ist nämlich der Städte Glück. Und wie die Stadt war, so war auch der Unredliche in seinem Herzen. Dieses ist nämlich der Unredlichen Glück.

Vor Weihnachten einmal saß der Lange geduckt beim Fenster. In der Stube hatten seine Beine keinen Platz; so hatte er sie bequem aus dem Fenster gestreckt, dort baumelten sie vergnüglich. Mit seinen ungeschickten magern Spinnenfingern strickte er wollene Strümpfe für die Bauern. Die grauen Augen hatte er fast auf die Stricknadeln gespießt, denn es war schon dunkel.

Jemand klopfte fein an die Plankentür. Das war der Unredliche in seinem Herzen. Der Lange riss das Maul auf. Der Gast lächelte. Und schon begann sich der Lange zu schämen. Seiner Länge schämte er sich und seiner wollenen Strümpfe und seiner Stube. – Aber bei alledem wurde er nicht rot, sondern blieb zitronengelb wie zuvor. Und mit Schwierigkeit und Scham setzte er seine Knochenbeine in Gang und streckte schämig dem Gast die Hand entgegen. Die langte durch die ganze Stube. Dann stotterte er etwas Freundliches in die wollenen Strümpfe hinein.

Der Unredliche in seinem Herzen setzte sich auf einen Mehlsack und lächelte. Auch der Lange lächelte und seine Augen krabbelten verlegen an den glänzenden Westenknöpfen des Gastes. Der drehte die Augenlider in die Höhe und die Worte gingen aus seinem Mund. Das waren feine Herren mit Lackschuhen und englischen Halsbinden und glänzenden Knöpfen, und wenn man sie heimlich fragte »Weißt du, was Blut aus Blut ist?«, so antwortete einer anzüglich: »Ja, ich habe englische Halsbinden.« Und kaum waren die Herrchen aus dem Munde draußen, stellten sie sich auf die Stiefelspitzen und waren groß, dann tänzelten sie zum Langen hin, kletterten zwickend und beißend an ihm hinauf und stopften sich ihm mühselig in die Ohren.

Da begann der Lange unruhig zu werden, die Nase schnupperte in der Stubenluft. Gott, was war die Luft so stickig, muffig, ungelüftet!

Der Fremde hörte nicht auf. Er erzählte von sich, von Westenknöpfen, von der Stadt, von seinen Gefühlen –, bunt. Und während er erzählte, stach er nebenbei seinen spitzen Spazierstock dem Langen in den Bauch. Der zitterte und grinste, – da hörte der Unredliche in seinem Herzen auf, er war zufrieden und lächelte, der Lange grinste und führte den Gast manierlich bis zur Plankentür, dort reichten sie sich die Hände.

Der Lange war wieder allein. Er weinte. Mit den Strümpfen wischte er sich die großen Tränen ab. Sein Herz schmerzte ihn und er konnte es niemandem sagen. Aber kranke Fragen krochen ihm von den Beinen zur Seele hinauf.

Warum ist er zu mir gekommen? Weil ich lang bin? Nein, weil ich …?

Weine ich aus Mitleid mit mir oder mit ihm?

Hab ich ihn am Ende lieb oder hass ich ihn?

Schickt ihn mein Gott oder mein Teufel?

So drosselten den schamhaften Langen die Fragezeichen.

Wieder nahm er die Strümpfe vor. Fast bohrte er sich die Stricknadeln in die Augen. Denn es war noch dunkler.

Also überleg es Dir bis zum Karneval.

Dein Franz

I

»… so muss ich sagen, dass mir meine Erziehung in mancher Richtung sehr geschadet hat«

Aus den Tagebüchern (1909)

Wenn ich es bedenke, so muss ich sagen, dass mir meine Erziehung in mancher Richtung sehr geschadet hat. Ich bin ja nicht irgendwo abseits, vielleicht in einer Ruine in den Bergen erzogen worden, dagegen könnte ich ja kein Wort des Vorwurfes herausbringen. Auf die Gefahr hin, dass die ganze Reihe meiner vergangenen Lehrer dies nicht begreifen kann, gerne und am liebsten wäre ich jener kleine Ruinenbewohner gewesen, abgebrannt von der Sonne, die da zwischen den Trümmern von allen Seiten auf den lauen Efeu mir geschienen hätte, wenn ich auch im Anfang schwach gewesen wäre unter dem Druck meiner guten Eigenschaften, die mit der Macht des Unkrauts in mir emporgewachsen wären.

Wenn ich es bedenke, so muss ich sagen, dass mir meine Erziehung in mancher Richtung sehr geschadet hat. Dieser Vorwurf trifft eine Menge Leute, nämlich meine Eltern, einige Verwandte, einzelne

Besucher unseres Hauses, verschiedene Schriftsteller, eine ganz bestimmte Köchin, die mich ein Jahr lang zur Schule führte, einen Haufen Lehrer (die ich in meiner Erinnerung eng zusammendrücken muss, sonst entfällt mir hie und da einer, da ich sie aber so zusammengedrängt habe, bröckelt wieder das ganze stellenweise ab), ein Schulinspektor, langsam gehende Passanten, kurz, dieser Vorwurf windet sich wie ein Dolch durch die Gesellschaft. Auf diesen Vorwurf will ich keine Widerrede hören, da ich schon zu viele gehört habe und da ich in den meisten Widerreden auch widerlegt worden bin, beziehe ich diese Widerreden mit in meinen Vorwurf und erkläre nun: Meine Erziehung und diese Widerlegung haben mir in mancherlei Richtung sehr geschadet.

Oft überlege ich es und immer muss ich dann sagen, dass mir meine Erziehung in manchem sehr geschadet hat. Dieser Vorwurf geht gegen eine Menge Leute, allerdings, sie stehn hier beisammen, wissen wie auf alten Gruppenbildern nichts miteinander anzufangen, die Augen niederzuschlagen, fällt ihnen gerade nicht ein, und zu lächeln wagen sie vor Erwartung nicht. Es sind da meine Eltern, einige Verwandte, einige Lehrer, eine ganz bestimmte Köchin, einige Mädchen aus Tanzstunden, einige Besucher unseres Hauses aus früherer Zeit, einige Schriftsteller, ein

Schwimmmeister, ein Billeteur*, ein Schulinspektor, dann einige, denen ich nur einmal auf der Gasse begegnet bin, und andere, an die ich mich gerade nicht erinnern kann, und solche, an die ich mich niemals mehr erinnern werde, und solche endlich, deren Unterricht ich irgendwie damals abgelenkt überhaupt nicht bemerkt habe, kurz, es sind so so viele, dass man achtgeben muss, einen nicht zweimal zu nennen. Und ihnen allen gegenüber spreche ich meinen Vorwurf aus, mache sie auf diese Weise mit einander bekannt, dulde aber keine Widerrede. Denn ich habe wahrhaftig schon genug Widerreden ertragen, und da ich in den meisten widerlegt worden bin, kann ich nicht anders, als auch diese Widerlegungen in meinen Vorwurf miteinzubeziehn und zu sagen, dass mir außer meiner Erziehung auch diese Widerlegungen in manchem sehr geschadet haben.

Erwartet man vielleicht, dass ich irgendwo abseits erzogen worden bin? Nein, mitten in der Stadt bin ich erzogen worden, mitten in der Stadt. Nicht zum Beispiel in einer Ruine, in den Bergen oder am See. Meine Eltern und ihr Gefolge waren bis jetzt von meinem Vorwurf bedeckt und grau; nun schieben sie ihn leicht beiseite und lächeln, weil ich meine Hände von ihnen weg an meine Stirn gezogen habe und

* Fahrkartenverkäufer.

denke: Ich hätte der kleine Ruinenbewohner sein sollen, horchend ins Geschrei der Dohlen, von ihren Schatten überflogen, auskühlend unter dem Mond, abgebrannt von der Sonne, die zwischen den Trümmern hindurch auf mein Efeulager von allen Seiten mir geschienen hätte, wenn ich auch am Anfang ein wenig schwach gewesen wäre unter dem Druck meiner guten Eigenschaften, die mit der Macht des Unkrauts in mir hätten wachsen müssen.

Oft überlege ich es und lasse den Gedanken ihren Lauf, ohne mich einzumischen, und immer, wie ich es auch wende, komme ich zum Schluss, dass mir in manchem meine Erziehung schrecklich geschadet hat. In dieser Erkenntnis steckt ein Vorwurf der gegen eine Menge Leute geht. Da sind die Eltern, mit den Verwandten, eine ganz bestimmte Köchin, die Lehrer, einige Schriftsteller, befreundete Familien, ein Schwimmmeister, Eingeborene der Sommerfrischen, einige Damen im Stadtpark, denen man es gar nicht ansehn würde, ein Friseur, eine Bettlerin, ein Steuermann, der Hausarzt und noch viele andere, und es wären noch mehr, wenn ich sie alle mit Namen bezeichnen wollte und könnte, kurz, es sind so viele, dass man achtgeben muss, damit man nicht im Haufen einen zweimal nennt. Nun könnte man meinen, schon durch diese große Anzahl verliere ein Vorwurf an Festigkeit, und müsse einfach an Festigkeit verlieren, denn ein Vorwurf sei kein Feldherr, er gehe nur geradeaus und wisse sich nicht zu verteilen. Gar in diesem Falle, wenn er sich gegen vergangene Personen richtet. Diese Personen mögen mit einer vergessenen Energie in der Erinnerung festgehalten werden, einen Fußboden werden sie kaum mehr unter sich haben, und selbst ihre Beine werden schon Rauch sein. Und Leuten in solchem Zustand soll man nun mit irgendeinem Nutzen Fehler vorwerfen, die sie in früheren Zeiten einmal bei der Erziehung eines Jungen gemacht haben, der ihnen jetzt so unbegreiflich ist wie sie uns. Aber man bringt sie ja nicht einmal dazu, sich an jene Zeiten zu erinnern, sie können sich an nichts erinnern, und dringt man auf sie ein, schieben sie einen stumm beiseite, kein Mensch kann sie dazu zwingen, aber offenbar kann man gar nicht von zwingen reden, denn höchstwahrscheinlich hören sie gar nicht die Worte. Wie müde Hunde stehn sie da, weil sie alle ihre Kraft dazu verbrauchen, um in der Erinnerung aufrecht zu bleiben. Wenn man sie aber wirklich dazu brächte, zu hören und zu reden, dann würde es einem von Gegenvorwürfen nur so in den Ohren sausen, denn die Menschen nehmen die Überzeugung von der Ehrwürdigkeit der Toten ins Jenseits mit und vertreten sie von dort aus zehnfach. Und wenn diese Meinung vielleicht nicht richtig wäre und die Toten eine besonders große Ehrfurcht vor den Lebenden hätten, dann werden sie sich erst recht ihrer lebendigen Vergangenheit annehmen, die ihnen doch am nächsten steht, und wieder würden uns die Ohren sausen. Und wenn auch diese Meinung nicht richtig wäre und die Toten gerade sehr unparteiisch wären, so könnten sie es auch dann niemals billigen, dass man mit unbeweisbaren Vorwürfen sie stört. Denn solche Vorwürfe sind schon von Mensch zu Mensch unbeweisbar. Weder das Dasein von vergangenen Fehlern in der Erziehung ist zu beweisen wie erst die Urheberschaft. Und nun zeige man den Vorwurf, der sich in solcher Lage nicht in einen Seufzer verwandelte.

Das ist der Vorwurf, den ich zu erheben habe. Er hat ein gesundes Innere, die Theorie erhält ihn. Das was an mir wirklich verdorben worden ist, aber vergesse ich vorerst oder verzeihe es und mache noch keinen Lärm damit. Dagegen kann ich jeden Augenblick beweisen, dass meine Erziehung einen andern Menschen aus mir machen wollte, als den, der ich geworden bin. Den Schaden also, den mir meine Erzieher nach ihrer Absicht hätten zufügen können, den mache ich ihnen zum Vorwurf, verlange aus ihren Händen den Menschen, der ich jetzt bin, und da sie mir ihn nicht geben können, mache ich ihnen aus Vorwurf und Lachen ein Trommelschlagen bis in die jenseitige Welt hinein. Doch dient das alles nur einem andern Zweck. Der Vorwurf darüber, dass sie mir doch ein Stück von mir verdorben haben, ein gutes schönes Stück verdorben haben – im Traum erscheint es mir manchmal wie andern die tote Braut – dieser Vorwurf, der immer auf dem Sprung ist, ein Seufzer zu werden, er soll vor allem unbeschädigt hinüber kommen als ein ehrlicher Vorwurf, der er auch ist. So geschieht es, der große Vorwurf, dem nichts geschehen kann, nimmt den kleinen bei der Hand, geht der große, hüpft der Kleine, ist aber der kleine einmal drüben, zeichnet er sich noch aus, wir haben es immer erwartet, und bläst zur Trommel die Trompete.

Oft überlege ich es und lasse den Gedanken ihren Lauf, ohne mich einzumischen, aber immer komme ich zu dem Schluss, dass mich meine Erziehung mehr verdorben hat als ich es verstehen kann. In meinem Äußern bin ich ein Mensch wie andere, denn meine körperliche Erziehung hielt sich ebenso an das Gewöhnliche, wie auch mein Körper gewöhnlich war, und wenn ich auch ziemlich klein und etwas dick bin, gefalle ich doch vielen, auch Mädchen. Darüber ist nichts zu sagen. Noch letzthin sagte eine etwas sehr Vernünftiges »Ach, könnte ich Sie doch einmal nackt sehn, da müssen Sie erst hübsch und zum Küssen sein« sagte sie. Wenn mir aber hier die Oberlippe, dort die Ohrmuschel, hier eine Rippe, dort ein Finger fehlte, wenn ich auf dem Kopf haarlose Flecke und Pockennarben im Gesichte hätte, es wäre noch kein genügendes Gegenstück meiner innern Unvollkommenheit. Diese Unvollkommenheit ist nicht angeboren und darum desto schmerzlicher zu tragen. Denn wie jeder habe ich auch von Geburt aus meinen Schwerpunkt in mir, den auch die närrischeste Erziehung nicht verrücken konnte. Diesen guten Schwerpunkt habe ich noch, aber gewissermaßen nicht mehr den zugehörigen Körper. Und ein Schwerpunkt, der nichts zu arbeiten hat, wird zu Blei und steckt im Leib wie eine Flintenkugel. Jene Unvollkommenheit ist aber auch nicht verdient, ich habe ihr Entstehn ohne mein Verschulden erlitten. Darum kann ich in mir auch nirgends Reue finden, so viel ich sie auch suche. Denn Reue wäre für mich gut, sie weint sich ja in sich selbst aus; sie nimmt den Schmerz beiseite und erledigt jede Sache allein wie einen Ehrenhandel; wir bleiben aufrecht, indem sie uns erleichtert.

Meine Unvollkommenheit ist, wie ich sagte, nicht angeboren, nicht verdient, trotzdem ertrage ich sie besser, als andere unter großer Arbeit der Einbildung mit ausgesuchten Hilfsmitteln viel kleineres Unglück ertragen, eine abscheuliche Ehefrau z. B., ärmliche Verhältnisse, elende Berufe, und bin dabei keineswegs schwarz vor Verzweiflung im Gesicht, sondern weiß und rot.

Ich wäre es nicht, wenn meine Erziehung so weit in mich gedrungen wäre, wie sie wollte. Vielleicht war meine Jugend zu kurz dazu, dann lobe ich ihre Kürze noch jetzt in meinen vierziger Jahren aus voller Brust. Nur dadurch war es möglich, dass mir noch Kräfte bleiben, um mir der Verluste meiner Jugend bewusst zu werden, weiter, um diese Verluste zu verschmerzen, weiter, um Vorwürfe gegen die Vergangenheit nach allen Seiten zu erheben und endlich ein Rest von Kraft für mich selbst. Aber alle diese Kräfte sind wieder nur ein Rest jener, die ich als Kind besaß, und die mich mehr als andere den Verderbern der Jugend ausgesetzt haben, ja ein guter Rennwagen wird vor allen von Staub und Wind verfolgt und überholt, und seinen Rädern fliegen die Hindernisse entgegen, dass man fast an Liebe glauben sollte.

Die Tänzerin Eduardowa

Ich bat im Traum die Tänzerin Eduardowa, sie möchte doch den Czardas noch einmal tanzen. Sie hatte einen breiten Streifen Schatten oder Licht mitten im Gesicht zwischen dem untern Stirnrand und der Mitte des Kinns. Gerade kam jemand mit den ekelhaften Bewegungen des unbewussten Intriganten, um ihr zu sagen, der Zug fahre gleich. Durch die Art, wie sie die Meldung anhörte, wurde mir schreck-

Franz Kafka im Alter von fünf Jahren

lich klar, dass sie nicht mehr tanzen werde. »Ich bin ein böses schlechtes Weib nicht wahr?«, sagte sie. Oh nein, sagte ich, das nicht, und wandte mich in eine beliebige Richtung zum Gehn.

Vorher fragte ich sie über die vielen Blumen aus, die in ihrem Gürtel steckten. »Die sind von allen Fürsten Europas«, sagte sie. Ich dachte nach, was das für einen Sinn habe, dass diese Blumen, die frisch in dem Gürtel steckten, der Tänzerin Eduardowa von allen Fürsten Europas geschenkt worden waren.

Die Tänzerin Eduardowa, eine Liebhaberin der Musik, fährt wie überall so auch in der Elektrischen in Begleitung zweier Violinisten, die sie häufig spielen lässt. Denn es besteht kein Verbot, warum in der Elektrischen nicht gespielt werden dürfte, wenn das Spiel gut, den Mitfahrenden angenehm ist und nichts kostet, d. h., wenn nachher nicht eingesammelt wird. Es ist allerdings im Anfang ein wenig überraschend, und ein Weilchen lang findet jeder, es sei unpassend. Aber bei voller Fahrt, starkem Luftzug und stiller Gasse klingt es hübsch.

Die Tänzerin Eduardowa ist im Freien nicht so hübsch wie auf der Bühne. Die bleiche Farbe, diese Wangenknochen, welche die Haut so spannen, dass im Gesicht kaum eine stärkere Bewegung ist, die große Nase – die sich wie aus einer Vertiefung erhebt –, mit der man keine Späße machen kann, wie die Härte der Spitze prüfen oder sie am Nasenrücken leicht fassen und hin und her ziehn wobei man sagt »jetzt aber kommst Du mit«, die breite Gestalt mit hoher Taille in allzu faltigen Röcken, wem kann das gefallen – sie sieht fast einer meiner Tanten, einer ältlichen Dame, ähnlich, viele ältere Tanten vieler Leute sehn ähnlich aus. Für diese Nachteile aber findet sich bei der Eduardowa im Freien, außer den ganz guten Füßen, eigentlich kein Ersatz, da ist wirklich nichts, was zum Schwärmen Staunen oder auch nur zur Achtung Anlass gäbe. Und so habe ich auch die Eduardowa sehr oft mit einer Gleichgültigkeit behandelt gesehn, die selbst sonst sehr gewandte, sehr korrekte Herren nicht verbergen konnten, obwohl sie sich natürlich viele Mühe in dieser Richtung gaben einer solchen bekannten Tänzerin gegenüber, wie es die Eduardowa immerhin war.

II

»Man darf niemanden betrügen, auch nicht die Welt um ihren Sieg«

Aus den Tagebüchern

Es wird berichtet, und wir sind aufgelegt, es zu glauben, dass Männer in Gefahr selbst schöne fremde Frauen für nichts achten; sie stoßen sie an die Mauer, stoßen sie mit Kopf und Händen, Knien und Ellenbogen, wenn sie einmal durch diese Frauen an der Flucht aus dem brennenden Theater gehindert sind. Da schweigen unsere plauderhaften Frauen, ihr endloses Reden bekommt Zeitwort und Punkt, die Augenbrauen steigen aus ihrer Ruhelage auf, die Atembewegung der Schenkel und Hüften setzt aus, in den vor Angst nur lose geschlossenen Mund fährt mehr Luft als gewöhnlich und die Wangen scheinen ein wenig aufgeblasen.

Goethes Tagebücher: Ein Mensch, der kein Tagebuch hat, ist einem Tagebuch gegenüber in einer falschen Position. Wenn er z.B. in Goethes Tagebüchern liest »11.1.1797 den ganzen Tag zuhause mit verschiedenen Anordnungen beschäftigt«, so scheint es ihm, er selbst hätte noch niemals an einem Tag so wenig gemacht.

Goethes ›Gartenhaus am Stern‹ in Weimar
Bleistiftzeichnung von Franz Kafka, 1. Juli 1912

Ich lese Iphigenie auf Tauris*. Darin ist wirklich, von einzelnen, offen fehlerhaften Stellen abgesehen, die ausgetrocknete deutsche Sprache im Munde eines reinen Knaben förmlich anzustaunen. Jedes Wort wird von dem Vers vor dem Lesenden im Augenblick des Lesens auf die Höhe getragen, wo es in einem vielleicht magern aber durchdringenden Lichte steht.

* Theaterstück von Johann Wolfgang Goethe unter Aufnahme eines Sagenstoffes um Pflicht und Neigung; gilt als beispielhaft für die Weimarer Klassik.

Sicher ist, dass mir der Sonntag niemals mehr nützen kann, als der Wochentag, da er durch seine besondere Einteilung alle meine Gewohnheiten durcheinanderwirft und ich die überschüssige freie Zeit nötig habe, um mich in diesem besondern Tag halbwegs einzurichten.

Goethe hält durch die Macht seiner Werke die Entwicklung der deutschen Sprache wahrscheinlich zurück. Wenn sich auch die Prosa in der Zwischenzeit öfters von ihm entfernt, so ist sie doch schließlich, wie gerade gegenwärtig mit verstärkter Sehnsucht, zu ihm zurückgekehrt und hat sich selbst alte, bei Goethe vorfindliche, sonst aber mit ihm nicht zusammenhängende Wendungen angeeignet, um sich an dem vervollständigten Anblick ihrer grenzenlosen Abhängigkeit zu erfreuen.

Ein Teil der Niklasstraße und die ganze Brücke dreht sich gerührt nach einem Hund um, der laut bellend ein Automobil der Rettungsgesellschaft begleitet. Bis der Hund plötzlich ablässt, umkehrt und sich als ein gewöhnlicher fremder Hund zeigt, der mit der Verfolgung des Wagens nichts Besonderes meinte.

Wenn ich etwas sage, verliert es sofort und endgültig die Wichtigkeit, wenn ich es aufschreibe, verliert es sie auch immer, gewinnt aber manchmal eine neue.

Die Eltern, die Dankbarkeit von ihren Kindern erwarten (es gibt sogar solche, die sie fordern), sind wie Wucherer, sie riskieren gern das Kapital, wenn sie nur die Zinsen bekommen.

Aberglaube und Grundsatz und Ermöglichung des Lebens: Durch den Himmel der Laster wird die Hölle der Tugend erworben. Aberglaube ist einfach.

Es ist sehr gut denkbar, dass die Herrlichkeit des Lebens um jeden und immer in ihrer ganzen Fülle bereit liegt, aber verhängt, in der Tiefe, unsichtbar, sehr weit. Aber sie liegt dort, nicht feindselig, nicht widerwillig, nicht taub. Ruft man sie mit dem richtigen Wort, beim richtigen Namen, dann kommt sie. Das ist das Wesen der Zauberei, die nicht schafft, sondern ruft.

Betrachtungen über Schuld, Leid und Sühne

Der wahre Weg geht über ein Seil, das nicht in der Höhe gespannt ist, sondern knapp über dem Boden. Es scheint mehr bestimmt, stolpern zu machen als begangen zu werden.

Alle menschlichen Fehler sind Ungeduld, ein vorzeitiges Abbrechen des Methodischen, ein scheinbares Einpfählen der scheinbaren Sache.

Es gibt zwei menschliche Hauptsünden, aus welchen sich alle andern ableiten: Ungeduld und Lässigkeit. Wegen der Ungeduld sind sie aus dem Paradiese vertrieben worden, wegen der Lässigkeit kehren sie nicht zurück. Vielleicht aber gibt es nur eine Hauptsünde: die Ungeduld. Wegen der Ungeduld sind sie vertrieben worden, wegen der Ungeduld kehren sie nicht zurück.

Viele Schatten der Abgeschiedenen beschäftigen sich nur damit, die Fluten des Totenflusses zu belecken, weil er von uns herkommt und noch den salzigen Geschmack unserer Meere hat. Vor Ekel sträubt sich dann der Fluss, nimmt eine rückläufige Strömung und schwemmt die Toten ins Leben zurück. Sie aber sind glücklich, singen Danklieder und streicheln den Empörten.

Von einem gewissen Punkt an gibt es keine Rückkehr mehr. Dieser Punkt ist zu erreichen.

Der entscheidende Augenblick der menschlichen Entwicklung ist immerwährend. Darum sind die revolutionären geistigen Bewegungen, welche alles Frühere für nichtig erklären, im Recht, denn es ist noch nichts geschehn.

Eines der wirksamsten Verführungsmittel des Bösen ist die Aufforderung zum Kampf. Er ist wie der Kampf mit Frauen, der im Bett endet.

Eine stinkende Hündin, reichliche Kindergebärerin, stellenweise schon faulend, die aber in meiner Kindheit mir alles war, die in Treue unaufhörlich mir folgt, die ich zu schlagen mich nicht überwinden kann, vor der ich aber, selbst ihren Atem scheuend, schrittweise nach rückwärts weiche und die mich doch, wenn ich mich nicht anders entscheide, in den schon sichtbaren Mauerwinkel drängen wird, um dort auf mir und mit mir gänzlich zu verwesen, bis zum Ende – ehrt es mich? – das Eiter- und Wurm-Fleisch ihrer Zunge an meiner Hand.

A. ist sehr aufgeblasen, er glaubt, im Guten weit vorgeschritten zu sein, da er, offenbar als ein immer verlockenderer Gegenstand, immer mehr Versuchungen aus ihm bisher ganz unbekannten Richtungen sich ausgesetzt fühlt. Die richtige Erklärung ist aber die, dass ein großer Teufel in ihm Platz genommen hat und die Unzahl der Kleineren herbeikommt, um dem Großen zu dienen.

Verschiedenheit der Anschauungen, die man etwa von einem Apfel haben kann: die Anschauung des kleinen Jungen, der den Hals strecken muss, um noch knapp den Apfel auf der Tischplatte zu sehn, und die Anschauung des Hausherrn, der den Apfel nimmt und frei dem Tischgenossen reicht.

Ein erstes Zeichen beginnender Erkenntnis ist der Wunsch zu sterben. Dieses Leben scheint unerträglich, ein anderes unerreichbar. Man schämt sich nicht mehr, sterben zu wollen; man bittet aus der alten Zelle, die man hasst, in eine neue gebracht zu werden, die man erst hassen lernen wird. Ein Rest von Glauben wirkt dabei mit, während des Transportes werde zufällig der Herr durch den Gang kommen, den Gefangenen ansehn und sagen: »Diesen sollt Ihr nicht wieder einsperren. Er kommt zu mir.«

Gingest Du über eine Ebene, hättest den guten Willen zu gehn und machtest doch Rückschritte, dann wäre es eine verzweifelte Sache; da Du aber einen steilen Abhang hinaufkletterst, so steil etwa, wie Du selbst von unten gesehen bist, können die Rückschritte auch nur durch die Bodenbeschaffenheit verursacht sein und Du musst nicht verzweifeln.

Wie ein Weg im Herbst: kaum ist er rein gekehrt, bedeckt er sich wieder mit den trockenen Blättern.

Ein Käfig ging einen Vogel suchen.

An diesem Ort war ich noch niemals: anders geht der Atem, blendender als die Sonne strahlt neben ihr ein Stern.

Wenn es möglich gewesen wäre, den Turm von Babel zu erbauen, ohne ihn zu erklettern, es wäre erlaubt worden.

Lass Dich vom Bösen nicht glauben machen, Du könntest vor ihm Geheimnisse haben.

Leoparden brechen in den Tempel ein und saufen die Opferkrüge leer; das wiederholt sich immer wieder; schließlich kann man es vorausberechnen und es wird Teil der Zeremonie.

So fest wie die Hand den Stein hält. Sie hält ihn aber fest, nur um ihn desto weiter zu werfen. Aber auch in jene Weite führt der Weg.

Du bist die Aufgabe. Kein Schüler weit und breit.

Vom wahren Gegner fährt grenzenloser Mut in Dich.

Das Glück begreifen, dass der Boden, auf dem Du stehst, nicht größer sein kann, als die zwei Füß ihn bedecken.

Wie kann man sich über die Welt freuen, außer wenn man zu ihr flüchtet?

Verstecke sind unzählige, Rettung nur eine, aber Möglichkeiten der Rettung wieder so viele wie Verstecke.

Es gibt ein Ziel, aber keinen Weg; was wir Weg nennen, ist Zögern.

Das Negative zu tun, ist uns noch auferlegt, das Positive ist uns schon gegeben.

Wenn man einmal das Böse bei sich aufgenommen hat, verlangt es nicht mehr, dass man ihm glaube.

Die Hintergedanken, mit denen Du das Böse in Dir aufnimmst, sind nicht die Deinen, sondern die des Bösen.

Das Tier entwindet dem Herrn die Peitsche und peitscht sich selbst, um Herr zu werden, und weiß nicht, dass das nur eine Phantasie ist, erzeugt durch einen neuen Knoten im Peitschenriemen des Herrn.

Das Gute ist in gewissem Sinne trostlos.

Nach Selbstbeherrschung strebe ich nicht. Selbstbeherrschung heißt: an einer zufälligen Stelle der unendlichen Ausstrahlung meiner geistigen Existenz wirken wollen. Muss ich aber solche Kreise um mich ziehn, dann tue ich es besser untätig im bloßen Anstaunen des ungeheuerlichen Komplexes und nehme nur die Stärkung, die e contrario dieser Anblick gibt, mit nach Hause.

Die Krähen behaupten, eine einzige Krähe könnte den Himmel zerstören. Das ist zweifellos, beweist aber nichts gegen den Himmel, denn Himmel bedeuten eben: Unmöglichkeit von Krähen.

Die Märtyrer unterschätzen den Leib nicht, sie lassen ihn auf dem Kreuz erhöhn, darin sind sie mit ihren Gegnern einig.

Sein Ermatten ist das des Gladiators nach dem Kampf, seine Arbeit war das Weißtünchen eines Winkels in einer Beamtenstube.

Es gibt kein Haben, nur ein Sein, nur ein nach letztem Atem, nach Ersticken verlangendes Sein.

Früher begriff ich nicht, warum ich auf meine Frage keine Antwort bekam, heute begreife ich nicht, wie ich glauben konnte, fragen zu können. Aber ich glaubte ja gar nicht, ich fragte nur.

Seine Antwort auf die Behauptung, er besitze vielleicht, sei aber nicht, war nur Zittern und Herzklopfen.

Einer staunte darüber, wie leicht er den Weg der Ewigkeit ging; er raste ihn nämlich abwärts.

Dem Bösen kann man nicht in Raten zahlen – und versucht es unaufhörlich.

Es wäre denkbar, dass Alexander der Große* trotz der kriegerischen Erfolge seiner Jugend, trotz des ausgezeichneten Heeres, das er ausgebildet hatte, trotz der auf Veränderung der Welt gerichteten

* Alexander der Große (356–323 v. Chr.), König von Makedonien.

Kräfte, die er in sich fühlte, am Hellespont stehn geblieben und ihn nie überschritten hätte, und zwar nicht aus Furcht, nicht aus Unentschlossenheit, nicht aus Willensschwäche, sondern aus Erdenschwere.

Der Weg ist unendlich, da ist nichts abzuziehn, nichts zuzugeben und doch hält doch jeder noch seine eigene kindliche Elle daran. »Gewiss auch diese Elle Wegs musst Du noch gehn, es wird Dir nicht vergessen werden.«

Nur unser Zeitbegriff lässt uns das Jüngste Gericht so nennen, eigentlich ist es ein Standrecht.

Das Missverhältnis der Welt scheint tröstlicherweise nur ein zahlenmäßiges zu sein.

Den ekel- und hasserfüllten Kopf auf die Brust senken.

Noch spielen die Jagdhunde im Hof, aber das Wild entgeht ihnen nicht, so sehr es jetzt schon durch die Wälder jagt.

Lächerlich hast Du Dich aufgeschirrt für diese Welt.

Je mehr Pferde Du anspannst, desto rascher gehts – nämlich nicht das Ausreißen des Bocks aus dem Fundament, was unmöglich ist, aber das Zerreißen der Riemen und damit die leere fröhliche Fahrt.

Zeichnung von Franz Kafka

Das Wort »sein« bedeutet im Deutschen beides. Dasein und Ihm-gehören.

Es wurde ihnen die Wahl gestellt, Könige oder der Könige Kuriere zu werden. Nach Art der Kinder wollten alle Kuriere sein. Deshalb gibt es lauter Kuriere, sie jagen durch die Welt und rufen, da es keine Könige gibt, einander selbst die sinnlos gewordenen Meldungen zu. Gerne würden sie ihrem elenden Leben ein Ende machen, aber sie wagen es nicht wegen des Diensteides.

An Fortschritt glauben heißt, nicht glauben, dass ein Fortschritt schon geschehen ist. Das wäre kein Glauben.

A. ist ein Virtuose und der Himmel ist sein Zeuge.

Der Mensch kann nicht leben ohne ein dauerndes Vertrauen zu etwas Unzerstörbarem in sich, wobei sowohl das Unzerstörbare als auch das Vertrauen ihm dauernd verborgen bleiben können. Eine der Ausdrucksmöglichkeiten dieses Verborgen-Bleibens ist der Glaube an einen persönlichen Gott.

Es bedurfte der Vermittlung der Schlange: das Böse kann den Menschen verführen, aber nicht Mensch werden.

Im Kampf zwischen Dir und der Welt sekundiere der Welt.

Man darf niemanden betrügen, auch nicht die Welt um ihren Sieg.

Es gibt nichts anderes als eine geistige Welt; was wir sinnliche Welt nennen, ist das Böse in der geistigen, und was wir böse nennen, ist nur eine Notwendigkeit eines Augenblicks unserer ewigen Entwicklung.

Mit stärkstem Licht kann man die Welt auflösen. Vor schwachen Augen wird sie fest, vor noch schwächeren bekommt sie Fäuste, vor noch schwächeren wird sie schamhaft und zerschmettert den, der sie anzuschauen wagt.

Alles ist Betrug: das Mindestmaß der Täuschungen suchen, im Üblichen bleiben, das Höchstmaß suchen. Im ersten Fall betrügt man das Gute, indem man sich dessen Erwerbung zu leicht machen will, das Böse, indem man ihm allzu ungünstige Kampfbedingungen setzt. Im zweiten Fall betrügt man das Gute, indem man also nicht einmal im Irdischen nach ihm strebt. Im dritten Fall betrügt man das Gute, indem man sich möglichst weit von ihm entfernt, das Böse, indem man hofft, durch seine Höchststeigerung es machtlos zu machen. Vorzuziehn wäre also hienach der zweite Fall, denn das Gute betrügt man immer, das Böse in diesem Fall, wenigstens dem Anschein nach, nicht.

Es gibt Fragen, über die wir nicht hinwegkommen könnten, wenn wir nicht von Natur aus von ihnen befreit wären.

Die Sprache kann für alles außerhalb der sinnlichen Welt nur andeutungsweise, aber niemals auch nur annähernd vergleichsweise gebraucht werden, da sie entsprechend der sinnlichen Welt nur vom Besitz und seinen Beziehungen handelt.

Man lügt möglichst wenig, nur wenn man möglichst wenig lügt, nicht wenn man möglichst wenig Gelegenheit dazu hat.

Eine durch Schritte nicht tief ausgehöhlte Treppenstufe ist, von sich selbst aus gesehn, nur etwas öde zusammengefügtes Hölzernes.

Wer der Welt entsagt, muss alle Menschen lieben, denn er entsagt auch ihrer Welt. Er beginnt daher, das wahre menschliche Wesen zu ahnen, das nicht anders als geliebt werden kann, vorausgesetzt, dass man ihm ebenbürtig ist.

Wer innerhalb der Welt seinen Nächsten liebt, tut nicht mehr und nicht weniger Unrecht, als wer innerhalb der Welt sich selbst liebt. Es bliebe nur die Frage, ob das erstere möglich ist.

Die Tatsache, dass es nichts anderes gibt als eine geistige Welt, nimmt uns die Hoffnung und gibt uns Gewissheit.

Unsere Kunst ist ein von der Wahrheit Geblendet-Sein. Das Licht auf dem zurückweichenden Fratzengesicht ist wahr, sonst nichts.

Die Vertreibung aus dem Paradies ist in ihrem Hauptteil ewig: Es ist also zwar die Vertreibung aus dem Paradies endgültig, das Leben in der Welt unausweichlich, die Ewigkeit des Vorgangs aber macht es trotzdem möglich, dass wir nicht nur dauernd im Paradiese bleiben können, sondern tatsächlich dort dauernd sind, gleichgültig, ob wir es hier wissen oder nicht.

Er ist ein freier und gesicherter Bürger der Erde, denn er ist an eine Kette gelegt, die lang genug ist, um ihm alle irdischen Räume freizugeben und doch nur so lang, dass nichts ihn über die Grenzen der Erde reißen kann. Gleichzeitig aber ist er auch ein freier und gesicherter Bürger des Himmels, denn er ist auch an eine ähnlich berechnete Himmelskette gelegt. Will er nun auf die Erde, drosselt ihn das Halsband des Himmels, will er in der Himmel jenes der Erde. Und trotzdem hat er alle Möglichkeiten und fühlt es, ja er weigert sich sogar, das Ganze auf einen Fehler bei der ersten Fesselung zurückzuführen.

Er läuft den Tatsachen nach wie ein Anfänger im Schlittschuhlaufen, der überdies irgendwo übt, wo es verboten ist.

Was ist fröhlicher als der Glaube an einen Hausgott!

Theoretisch gibt es eine vollkommene Glücksmöglichkeit: An das Unzerstörbare in sich glauben und nicht zu ihm streben.

Das Unzerstörbare ist eines; jeder einzelne Mensch ist es und gleichzeitig ist es allen gemeinsam, daher die beispiellos untrennbare Verbindung der Menschen.

Es gibt im gleichen Menschen Erkenntnisse, die bei völliger Verschiedenheit doch das gleiche Objekt haben, so dass wieder nur auf verschiedene Subjekte im gleichen Menschen rückgeschlossen werden muss.

Er frisst den Abfall vom eigenen Tisch; dadurch wird er zwar ein Weilchen lang satter als alle, verlernt aber oben vom Tisch zu essen; dadurch hört dann aber auch der Abfall auf.

Wenn das, was im Paradies zerstört worden sein soll, zerstörbar war, dann war es nicht entscheidend; war es aber unzerstörbar, dann leben wir in einem falschen Glauben.

Prüfe Dich an der Menschheit. Den Zweifelnden macht sie zweifeln, den Glaubenden glauben.

Dieses Gefühl: »hier ankere ich nicht« und gleich die wogende tragende Flut um sich fühlen.

Ein Umschwung. Lauernd, ängstlich, hoffend umschleicht die Antwort die Frage, sucht verzweifelt in ihrem unzugänglichen Gesicht, folgt ihr auf den sinnlosesten, d. h., von der Antwort möglichst wegstrebenden Wegen.

Verkehr mit Menschen verführt zur Selbstbeobachtung.

Der Geist wird erst frei, wenn er aufhört, Halt zu sein.

Die sinnliche Liebe täuscht über die himmlische hinweg; allein könnte sie es nicht, aber da sie das Element der himmlischen Liebe unbewusst in sich hat, kann sie es.

Wahrheit ist unteilbar, kann sich also selbst nicht erkennen; wer sie erkennen will, muss Lüge sein.

Niemand kann verlangen, was ihm im letzten Grunde schadet. Hat es beim einzelnen Menschen doch diesen Anschein – und den hat es vielleicht immer – so erklärt sich dies dadurch, dass jemand im Menschen etwas verlangt, was diesem Jemand zwar nützt, aber einem zweiten Jemand, der halb zur Beurteilung des Falles herangezogen wird, schwer schadet. Hätte sich der Mensch gleich anfangs, nicht erst bei der Beurteilung auf Seite des zweiten Jemand gestellt, wäre der erste Jemand erloschen und mit ihm das Verlangen.

Warum klagen wir wegen des Sündenfalls? Nicht seinetwegen sind wir aus dem Paradiese vertrieben worden, sondern wegen des Baumes des Lebens, damit wir nicht von ihm essen.

Wir sind nicht nur deshalb sündig, weil wir vom Baum der Erkenntnis gegessen haben, sondern auch deshalb, weil wir vom Baum des Lebens noch nicht gegessen haben. Sündig ist der Stand, in dem wir uns befinden, unabhängig von Schuld.

Wir wurden geschaffen, um im Paradies zu leben, das Paradies war bestimmt, uns zu dienen. Unsere Bestimmung ist geändert worden; dass dies auch mit der Bestimmung des Paradieses geschehen wäre, wird nicht gesagt.

Das Böse ist eine Ausstrahlung des menschlichen Bewusstseins in bestimmten Übergangsstellungen. Nicht eigentlich die sinnliche Welt ist Schein, sondern ihr Böses, das allerdings für unsere Augen die sinnliche Welt bildet.

Seit dem Sündenfall sind wir in der Fähigkeit zur Erkenntnis des Guten und Bösen im wesentlichen gleich; trotzdem suchen wir gerade hier unsere besonderen Vorzüge. Aber erst jenseits dieser Erkenntnis beginnen die wahren Verschiedenheiten. Der gegenteilige Schein wird durch folgendes hervorgerufen: Niemand kann sich mit der Erkenntnis allein begnügen, sondern muss sich bestreben, ihr gemäß zu handeln. Dazu aber ist ihm die Kraft nicht mitgegeben, er muss daher sich zerstören, selbst auf die Gefahr hin, sogar dadurch die notwendige Kraft nicht zu erhalten, aber es bleibt ihm nichts anderes übrig als dieser letzte Versuch. (Das ist auch der Sinn der Todesdrohung beim Verbot des Essens vom Baume der Erkenntnis; vielleicht ist das auch der ursprüngliche Sinn des natürlichen Todes.) Vor diesem Versuch nun fürchtet er sich; lieber will er die Erkenntnis des Guten und Bösen rückgängig machen (die Bezeichnung: »Sündenfall« geht auf diese Angst zurück); aber das Geschehene kann nicht rückgängig gemacht, sondern nur getrübt werden. Zu diesem Zweck entstehen die Motivationen. Die ganze Welt ist ihrer voll, ja die ganze sichtbare Welt ist vielleicht nichts anderes, als eine Motivation des einen Augenblick lang ruhen wollenden Menschen. Ein Versuch, die Tatsache der Erkenntnis zu fälschen, die Erkenntnis erst zum Ziel zu machen.

Ein Glaube wie ein Fallbeil, so schwer, so leicht.

Der Tod ist vor uns, etwa wie im Schulzimmer an der Wand ein Bild der Alexanderschlacht*. Es kommt darauf an, durch unsere Taten noch in diesem Leben das Bild zu verdunkeln oder gar auszulöschen.

Zwei Möglichkeiten: sich unendlich klein machen oder es sein. Das erste ist Vollendung, also Untätigkeit, das zweite Beginn, also Tat.

Zur Vermeidung eines Wort-Irrtums: Was tätig zerstört werden soll, muss vorher ganz fest gehalten worden sein; was zerbröckelt, zerbröckelt, kann aber nicht zerstört werden.

Die erste Götzenanbetung war gewiss Angst vor den Dingen, aber damit zusammenhängend Angst vor der Notwendigkeit der Dinge und damit zusammen-

* Berühmtes Gemälde von Albrecht Altdorfer (um 1480–1538) über die Schlacht bei Issos (333 v. Chr.), entstanden 1528/29.

hängend Angst vor der Verantwortung für die Dinge. So ungeheuer erschien diese Verantwortung, dass man sie nicht einmal einem einzigen Außermenschlichen aufzuerlegen wagte, denn auch durch Vermittlung bloß eines Wesens wäre die menschliche Verantwortung noch nicht genug erleichtert worden, der Verkehr mit nur einem Wesen wäre noch allzu sehr von Verantwortung befleckt gewesen, deshalb gab man jedem Ding die Verantwortung für sich selbst, mehr noch, man gab diesen Dingen auch noch eine verhältnismäßige Verantwortung für den Menschen.

Zum letzten Mal Psychologie!

Zwei Aufgaben des Lebensanfangs: Deinen Kreis immer mehr einschränken und immer wieder nachprüfen, ob Du Dich nicht irgendwo außerhalb Deines Kreises versteckt hältst.

Das Böse ist manchmal in der Hand wie ein Werkzeug, erkannt oder unerkannt, lässt es sich, wenn man den Willen hat, ohne Widerspruch zur Seite legen.

Die Freuden dieses Lebens sind nicht die seinen, sondern unsere Angst vor dem Aufsteigen in ein höheres Leben; die Qualen dieses Lebens sind nicht die seinen, sondern unsere Selbstqual wegen jener Angst.

Nur hier ist Leiden Leiden. Nicht so, als ob die, welche hier leiden, anderswo wegen dieses Leidens erhöht werden sollen, sondern so, dass das, was in dieser Welt Leiden heißt, in einer andern Welt, unverändert und nur befreit von seinem Gegensatz, Seligkeit ist.

Die Vorstellung von der unendlichen Weite und Fülle des Kosmos ist das Ergebnis der zum Äußersten getriebenen Mischung von mühevoller Schöpfung und freier Selbstbestimmung.

Wieviel bedrückender als die unerbittlichste Überzeugung von unserem gegenwärtigen sündhaften Stand ist selbst die schwächste Überzeugung von der einstigen ewigen Rechtfertigung unserer Zeitlichkeit. Nur die Kraft im Ertragen dieser zweiten Überzeugung, welche in ihrer Reinheit die erste voll umfasst, ist das Maß des Glaubens.

Manche nehmen an, dass neben dem großen Urbetrug noch in jedem Fall eigens für sie ein kleiner besonderer Betrug veranstaltet wird, dass also, wenn ein Liebesspiel auf der Bühne aufgeführt wird, die Schauspielerin außer dem verlogenen Lächeln für ihren Geliebten auch noch ein besonders hinterhältiges Lächeln für den ganz bestimmten Zuschauer auf der letzten Gallerie hat. Das heißt zu weit gehn.

Es kann ein Wissen vom Teuflischen geben, aber keinen Glauben daran, denn mehr Teuflisches, als da ist, gibt es nicht.

Die Sünde kommt immer offen und ist mit den Sinnen gleich zu fassen. Sie geht auf ihren Wurzeln und muss nicht ausgerissen werden.

Alle Leiden um uns müssen auch wir leiden. Wir alle haben nicht einen Leib, aber ein Wachstum, und das führt uns durch alle Schmerzen, ob in dieser oder jener Form. So wie das Kind durch alle Lebensstadien bis zum Greis und zum Tod sich entwickelt (und jedes Stadium im Grunde dem früheren, im Verlangen oder in Furcht, unerreichbar scheint), ebenso entwickeln wir uns (nicht weniger tief mit der Menschheit verbunden als mit uns selbst) durch alle Leiden dieser Welt. Für Gerechtigkeit ist in diesem Zusammenhang kein Platz, aber auch nicht für Furcht vor den Leiden oder für die Auslegung des Leidens als eines Verdienstes.

Du kannst Dich zurückhalten von den Leiden der Welt, das ist Dir freigestellt und entspricht Deiner Natur, aber vielleicht ist gerade dieses Zurücktreten das einzige Leid, das Du vermeiden könntest.

Der Mensch hat freien Willen und zwar dreierlei.

Erstens war er frei, als er dieses Leben wollte; jetzt kann er es allerdings nicht mehr rückgängig machen, denn er ist nicht mehr jener, der es damals wollte, es wäre denn insoweit, als er seinen damaligen Willen ausführt, indem er lebt.

Zweitens ist er frei, indem er die Gangart und den Weg dieses Lebens wählen kann.

Drittens ist er frei, indem er als derjenige, der er einmal wieder sein wird, den Willen hat, sich unter jeder Bedingung durch das Leben gehn und auf diese Weise zu sich kommen zu lassen, und zwar auf einem zwar wählbaren, aber jedenfalls derartig labyrinthischen Weg, dass er keine Fleckchen dieses Lebens unberührt lässt.

Das ist das Dreierlei des freien Willens, es ist aber auch, da es gleichzeitig ist, ein Einerlei und ist im Grunde so sehr Einerlei, dass es keinen Platz hat für einen Willen, weder für einen freien noch unfreien.

Das Verführungsmittel dieser Welt sowie das Zeichen der Bürgschaft dafür, dass diese Welt nur ein Übergang ist, ist das gleiche. Mit Recht, denn nur so kann uns diese Welt verführen, und es entspricht der Wahrheit. Das Schlimme ist aber, dass wir nach geglückter Verführung die Bürgschaft vergessen und so eigentlich das Gute uns ins Böse, der Blick der Frau in ihr Bett gelockt hat.

Die Demut gibt jedem, auch dem einsam Verzweifelnden, das stärkste Verhältnis zum Mitmenschen, und zwar sofort, allerdings nur bei völliger und dauernder Demut. Sie kann das deshalb, weil sie die wahre Gebetsprache ist, gleichzeitig Anbetung und festeste Verbindung. Das Verhältnis zum Mitmenschen ist das Verhältnis des Gebetes, das Verhältnis zu sich das Verhältnis des Strebens; aus dem Gebet wird die Kraft für das Streben geholt.

Kannst Du denn etwas anderes kennen als Betrug? Wird einmal der Betrug vernichtet, darfst Du ja nicht hinsehn oder Du wirst zur Salzsäule.

Alle sind zu A. sehr freundlich, so etwa wie man ein ausgezeichnetes Billard selbst vor guten Spielern sorgfältig zu bewahren sucht, solange, bis der große Spieler kommt, das Brett genau untersucht, keinen vorzeitigen Fehler duldet, dann aber, wenn er selbst zu spielen anfängt, sich auf die rücksichtsloseste Weise auswütet.

»Dann aber kehrte er zu seiner Arbeit zurück, so wie wenn nichts geschehen wäre.« Das ist eine Bemerkung, die uns aus einer unklaren Fülle alter Erzählungen geläufig ist, trotzdem sie vielleicht in keiner vorkommt.

»Dass es uns an Glauben fehle, kann man nicht sagen. Allein die einfache Tatsache unseres Lebens ist in ihrem Glaubenswert gar nicht auszuschöpfen.«

»Hier wäre ein Glaubenswert? Man kann doch nicht nicht-leben.«

»Eben in diesem ›kann doch nicht‹ steckt die wahnsinnige Kraft des Glaubens; in dieser Verneinung bekommt sie Gestalt.«

Es ist nicht notwendig, dass Du aus dem Haus gehst. Bleib bei Deinem Tisch und horche. Horche nicht einmal, warte nur. Warte nicht einmal, sei völlig still und allein. Anbieten wird sich Dir die Welt zur Entlarvung, sie kann nicht anders, verzückt wird sie sich vor Dir winden.

Er ist bei keinem Anlass genügend vorbereitet, kann sich deshalb aber nicht einmal Vorwürfe machen, denn wo wäre in diesem Leben, das so quälend in jedem Augenblick Bereitsein verlangt, Zeit sich vorzubereiten, und selbst wenn Zeit wäre, könnte man sich denn vorbereiten, ehe man die Aufgabe kennt, das heißt, kann man überhaupt eine natürliche, eine nicht nur künstlich zusammengestellte Aufgabe bestehen? Deshalb ist er auch schon längst unter den Rädern, merkwürdiger, aber auch tröstlicherweise war er darauf am wenigsten vorbereitet.

Alles, was er tut, kommt ihm zwar außerordentlich neu vor, aber auch entsprechend dieser unmöglichen Fülle des Neuen außerordentlich dilettantisch, kaum einmal erträglich, unfähig historisch zu werden, die Kette der Geschlechter sprengend, die bisher immer wenigstens zu ahnende Musik der Welt zum ersten Mal bis in alle Tiefen hinunter abbrechend. Manchmal hat er in seinem Hochmut mehr Angst um die Welt als um sich.

Mit einem Gefängnis hätte er sich abgefunden. Als Gefangener enden – das wäre eines Lebens Ziel. Aber es war ein Gitterkäfig. Gleichgültig, herrisch, wie bei sich zu Hause strömte durch das Gitter aus und ein der Lärm der Welt, der Gefangene war eigentlich frei, er konnte an allem teilnehmen, nichts entging ihm draußen, selbst verlassen hätte er den Käfig können, die Gitterstangen standen ja meterweit auseinander, nicht einmal gefangen war er.

Er hat das Gefühl, dass er sich dadurch, dass er lebt, den Weg verstellt. Aus dieser Behinderung nimmt er dann wieder den Beweis dafür, dass er lebt.

Sein eigener Stirnknochen verlegt ihm den Weg, an seiner eigenen Stirn schlägt er sich die Stirn blutig.

Er fühlt sich auf dieser Erde gefangen, ihm ist eng, die Trauer, die Schwäche, die Krankheiten, die Wahnvorstellungen der Gefangenen brechen bei ihm aus, kein Trost kann ihn trösten, weil es eben nur Trost ist, zarter kopfschmerzender Trost gegenüber der groben Tatsache des Gefangenseins. Fragt man ihn aber, was er eigentlich haben will, kann er nicht antworten, denn er hat – das ist einer seiner stärksten Beweise – keine Vorstellung von Freiheit.

Zeichnung von Franz Kafka

Manche leugnen den Jammer durch Hinweis auf die Sonne, er leugnet die Sonne durch Hinweis auf den Jammer.

Die selbstquälerische, schwerfällige, oft lange stockende, im Grunde doch unaufhörliche Wellenbewegung alles Lebens, des fremden und eigenen, quält ihn, weil sie unaufhörlichen Zwang des Denkens mit sich bringt. Manchmal scheint ihm, dass diese Qual den Ereignissen vorhergeht. Als er hört, dass seinem Freund ein Kind geboren werden soll, erkennt er, dass er dafür schon als früher Denker gelitten hat.

Er sieht zweierlei: das Erste ist die ruhige, mit Leben erfüllte, ohne ein gewisses Behagen unmögliche Betrachtung, Erwägung, Untersuchung, Ergießung. Deren Zahl und Möglichkeit ist endlos, selbst eine Mauerassel braucht eine verhältnismäßig große Ritze, um unterzukommen, für jene Arbeiten aber ist überhaupt kein Platz nötig, selbst dort, wo nicht die geringste Ritze ist, können sie, einander durchdringend, noch zu Tausenden und Abertausenden leben. Das ist das Erste. Das Zweite aber ist der Augenblick, in dem man vorgerufen Rechenschaft geben soll, keinen Laut hervorbringt, zurückgeworfen wird in die Betrachtungen usw., jetzt aber mit der Aussichtslosigkeit vor sich unmöglich mehr darin plätschern kann, sich schwer macht und mit einem Fluch versinkt.

Es handelt sich um folgendes: Ich saß einmal vor vielen Jahren, gewiss traurig genug, auf der Lehne des Laurenziberges*. Ich prüfte die Wünsche, die ich für das Leben hatte. Als wichtigster oder als reizvollster ergab sich der Wunsch, eine Ansicht des Lebens zu gewinnen (und – das war allerdings notwendig verbunden – schriftlich die anderen von ihr überzeugen zu können), in der das Leben zwar sein natürliches schweres Fallen und Steigen bewahre, aber gleichzeitig mit nicht minderer Deutlichkeit als ein Nichts, als ein Traum, als ein Schweben erkannt werde. Vielleicht ein schöner Wunsch, wenn ich ihn richtig gewünscht hätte. Etwa als Wunsch, einen Tisch mit peinlich ordentlicher Handwerksmäßigkeit zusammenzuhämmern und dabei gleichzeitig nichts zu tun und zwar nicht so, dass man sagen könnte: »Ihm ist das Hämmern ein Nichts«, sondern »Ihm ist das Hämmern ein wirkliches Hämmern und gleichzeitig auch ein Nichts«, wodurch ja das Hämmern noch kühner, noch entschlossener, noch wirklicher und, wenn du willst, noch irrsinniger geworden wäre.

* Hügel im westlichen Teil von Prag mit dem 1891 erbauten Petřím-Aussichtsturm, der als Wahrzeichen der Stadt gilt.

Aber er konnte gar nicht so wünschen, denn sein Wunsch war kein Wunsch, er war nur eine Verteidigung, eine Verbürgerlichung des Nichts, ein Hauch von Munterkeit, den er dem Nichts geben wollte, in das er zwar damals kaum die ersten bewussten Schritte tat, das er aber schon als sein Element fühlte. Es war damals eine Art Abschied, den er von der Scheinwelt der Jugend nahm, sie hatte ihn übrigens niemals unmittelbar getäuscht, sondern nur durch die Reden aller Autoritäten ringsherum täuschen lassen. So hatte sich die Notwendigkeit des ›Wunsches‹ ergeben.

Er beweist nur sich selbst, sein einziger Beweis ist er selbst, alle Gegner besiegen ihn sofort, aber nicht dadurch, dass sie ihn widerlegen (er ist unwiderlegbar), sondern dadurch, dass sie sich beweisen.

Menschliche Vereinigungen beruhen darauf, dass einer durch sein starkes Dasein andere an sich unwiderlegbare Einzelne widerlegt zu haben scheint. Das ist für diese Einzelnen süß und trostreich, aber es fehlt an Wahrheit und daher immer an Dauer.

Er war früher Teil einer monumentalen Gruppe. Um irgendeine erhöhte Mitte standen in durchdachter Anordnung Sinnbilder des Soldatenstandes, der Künste, der Wissenschaften, der Handwerke.

Einer von diesen Vielen war er. Nun ist die Gruppe längst aufgelöst oder wenigstens er hat sie verlassen und bringt sich allein durchs Leben. Nicht einmal seinen alten Beruf hat er mehr, ja er hat sogar vergessen, was er damals darstellte. Wohl gerade durch dieses Vergessen ergibt sich eine gewisse Traurigkeit, Unsicherheit, Unruhe, ein gewisses die Gegenwart trübendes Verlangen nach den vergangenen Zeiten. Und doch ist dieses Verlangen ein wichtiges Element der Lebenskraft oder vielleicht sie selbst.

Er lebt nicht wegen seines persönlichen Lebens, er denkt nicht wegen seines persönlichen Denkens. Ihm ist, als lebe und denke er unter der Nötigung einer Familie, die zwar selbst überreich an Lebens- und Denkkraft ist, für die er aber nach irgendeinem ihm unbekannten Gesetz eine formelle Notwendigkeit bedeutet. Wegen dieser unbekannten Familie und dieser unbekannten Gesetze kann er nicht entlassen werden.

Die Erbsünde, das alte Unrecht, das der Mensch begangen hat, besteht in dem Vorwurf, den der Mensch macht und von dem er nicht ablässt, dass ihm ein Unrecht geschehen ist, dass an ihm die Erbsünde begangen wurde.

Vor der Auslage von Casinelli* drückten sich zwei Kinder herum, ein etwa sechs Jahre alter Junge, ein sieben Jahre altes Mädchen, reich angezogen, sprachen von Gott und von Sünden. Ich blieb hinter ihnen stehen. Das Mädchen, vielleicht katholisch, hielt nur das Belügen Gottes für eine eigentliche Sünde. Kindlich hartnäckig fragte der Junge, vielleicht ein Protestant, was das Belügen der Menschen oder das Stehlen sei. »Auch eine sehr große Sünde«, sagte das Mädchen, »aber nicht die größte, nur die Sünden an Gott sind die größten, für die Sünden an Menschen haben wir die Beichte. Wenn ich beichte, steht gleich wieder der Engel hinter mir, wenn ich nämlich eine Sünde begehe, kommt der Teufel hinter mich, nur sieht man ihn nicht.« Und des halben Ernstes müde, drehte sie sich zum Spaße auf den Hacken um und sagte: »Siehst du, niemand ist hinter mir.« Ebenso drehte sich der Junge um und sah dort mich. »Siehst du«, sagte er ohne Rücksicht darauf, dass ich es hören müsste, oder auch ohne daran zu denken, »hinter mir steht der Teufel.« »Den sehe ich auch«, sagte das Mädchen, »aber den meine ich nicht.«

* Eigentl. Cassinelli; Bäckerei (geht zurück auf Bettino Cassinelli [† 1312 in Paris], seit 1300 für die Versorgung des französischen Hofes mit Brot zuständig).

Er will keinen Trost, aber nicht deshalb, weil er ihn nicht will, – wer wollte ihn nicht, sondern, weil Trost suchen heißt: dieser Arbeit sein Leben widmen, am Rande seiner Existenz, fast außerhalb ihrer immer zu leben, kaum mehr zu wissen, für wen man Trost sucht, und daher nicht einmal imstande zu sein, wirksamen Trost zu finden, wirksamen, nicht etwa wahren, den es nicht gibt.

Er wehrt sich gegen die Fixierung durch den Mitmenschen. Der Mensch sieht, selbst wenn er unfehlbar wäre, im anderen nur jenen Teil, für den seine Blickkraft und Blickart reicht. Er hat, wie jeder, aber in äußerster Übertreibung, die Sucht, sich so einzuschränken, wie ihn der Blick des Mitmenschen zu sehen die Kraft hat. Hätte Robinson* den höchsten oder richtiger den sichtbarsten Punkt der Insel niemals verlassen, aus Trost oder Demut oder Furcht oder Unkenntnis oder Sehnsucht, so wäre er bald zugrunde gegangen; da er aber ohne Rücksicht auf die Schiffe und ihre schwachen Fernrohre seine ganze Insel zu erforschen und ihrer sich zu freuen begann, erhielt er sich am Leben und wurde in einer allerdings dem Verstand notwendigen Konsequenz schließlich doch gefunden.

* Spielt auf eine Episode aus Daniel Defoes Roman *Robinson Crusoe* (1719) an.

»Du machst aus Deiner Not eine Tugend.«

»Erstens tut das jeder, und zweitens tue gerade ich es nicht. Ich lasse meine Not Not bleiben, ich lege die Sümpfe nicht trocken, sondern lebe in ihrem fiebrigen Dunst.«

»Daraus eben machst du deine Tugend.«

»Wie jeder, ich sagte es schon. Im übrigen tue ich es nur deinetwegen. Damit du freundlich zu mir bleibst, nehme ich Schaden an meiner Seele.«

Alles ist ihm erlaubt, nur das Sichvergessen nicht, womit allerdings wieder alles verboten ist, bis auf das eine, für das Ganze augenblicklich Notwendige.

Die Enge des Bewusstseins ist eine soziale Forderung.

Alle Tugenden sind individuell, alle Laster sozial. Was als soziale Tugend gilt, etwa Liebe, Uneigennützigkeit, Gerechtigkeit, Opfermut, sind nur ›erstaunlich‹ abgeschwächte soziale Laster.

Der Unterschied zwischen dem ›Ja‹ und ›Nein‹, das er seinen Zeitgenossen sagt, und jenem, das er eigentlich zu sagen hätte, dürfte dem vom Tod und Leben entsprechen, ist auch nur ebenso ahnungsweise für ihn fassbar.

Die Ursache dessen, dass das Urteil der Nachwelt über den Einzelnen richtiger ist als das der Zeitgenossen, liegt im Toten. Man entfaltet sich in seiner Art erst nach dem Tode, erst, wenn man allein ist. Das Totsein ist für den Einzelnen wie der Samstagabend für den Kaminfeger, sie waschen den Ruß vom Leibe. Es wird sichtbar, ob die Zeitgenossen ihm oder er den Zeitgenossen mehr geschadet hat, im letzten Fall war er ein großer Mann.

Die Kraft zum Verneinen, dieser natürlichsten Äußerung des immerfort sich verändernden, erneuernden, absterbend auflebenden menschlichen Kämpferorganismus, haben wir immer, den Mut aber nicht, während doch Leben Verneinen ist, also Verneinung Bejahung.

Mit seinen absterbenden Gedanken stirbt er nicht. Das Absterben ist nur eine Erscheinung innerhalb der inneren Welt (die bestehen bleibt, selbst wenn auch sie nur ein Gedanke wäre), eine Naturerscheinung wie jede andere, weder fröhlich noch traurig.

Die Strömung, gegen die er schwimmt, ist so rasend, dass man in einer gewissen Zerstreutheit manchmal verzweifelt ist über die öde Ruhe, inmitten welcher man plätschert, so unendlich weit ist man nämlich in einem Augenblick des Versagens zurückgetrieben worden.

Er hat Durst und ist von der Quelle nur durch ein Gebüsch getrennt. Er ist aber zweigeteilt, ein Teil übersieht das Ganze, sieht, dass er hier steht und die Quelle daneben ist, ein zweiter Teil aber merkt nichts, hat höchstens eine Ahnung dessen, dass der erste Teil alles sieht. Da er aber nichts merkt, kann er nicht trinken.

Er ist weder kühn noch leichtsinnig. Aber auch ängstlich ist er nicht. Ein freies Leben würde ihn nicht ängstigen. Nun hat sich ein solches Leben für ihn nicht ergeben, aber auch das macht ihm keine Sorgen, wie er sich überhaupt um sich selbst keine Sorgen macht. Es gibt aber einen ihm gänzlich unbekannten Jemand, der sich um ihn – nur um ihn – große fortwährende Sorgen macht. Diese ihn betreffenden Sorgen des Jemand, besonders das Fortwährende dieser Sorgen, verursachen ihm manchmal in stiller Stunde quälende Kopfschmerzen.

Am Sicherheben hindert ihn eine gewisse Schwere, ein Gefühl des Gesichertseins für jeden Fall, die Ahnung eines Lagers, das ihm bereitet ist und nur ihm gehört; am Stilleliegen aber hindert ihn eine Unruhe, die ihn vom Lager jagt, es hindert ihn das Gewissen, das endlos schlagende Herz, die Angst vor dem Tod und das Verlangen ihn zu widerlegen, alles das lässt ihn nicht ruhen, und er erhebt sich wieder. Dieses Auf und Ab und einige auf diesen Wegen gemachte zufällige, flüchtige, abseitige Beobachtungen sind sein Leben.

Er hat zwei Gegner: Der erste bedrängt ihn von hinten, vom Ursprung her. Der zweite verwehrt ihm den Weg nach vorn. Er kämpft mit beiden. Eigentlich unterstützt ihn der erste im Kampf mit dem Zweiten, denn er will ihn nach vorn drängen und ebenso unterstützt ihn der zweite im Kampf mit dem ersten, denn er treibt ihn doch zurück. So ist es aber nur theoretisch. Denn es sind ja nicht nur die zwei Gegner da, sondern auch noch er selbst, und wer kennt eigentlich seine Absichten? Immerhin ist es sein Traum, dass er einmal in einem unbewachten Augenblick – dazu gehört allerdings eine Nacht, so finster wie noch keine war – aus der Kampflinie ausspringt und wegen seiner Kampfeserfahrung zum Richter über seine miteinander kämpfenden Gegner erhoben wird.

III

Geschichten I

Ein Damenbrevier*

Wenn man sich in die Welt aufatmend entlässt, wie vom hohen Gerüst der Schwimmer in den Fluss, gleich und später manchmal von Gegenstößen wie ein liebes Kind verwirrt, aber immer mit schönen Wellen zur Seite in die Luft der Ferne treibt, dann mag man wie in diesem Buch ziellos mit geheimem Ziel die Blicke über das Wasser richten, das einen trägt und das man trinken kann und das für den auf seiner Fläche ruhenden Kopf grenzenlos geworden ist.

Verschließt man sich jedoch diesem ersten Eindruck, dann erkennt man bis zur Überzeugung, dass der Verfasser hier mit einer förmlich ungestillten Energie gearbeitet hat, die den Bewegungen seines unabhängigen Geistes – sie sind zu schnell, als dass sie Zusammenhang verrieten – Kanten zum Erschrecken gibt.

Und dies vor einer Materie, die in der zuckenden Entwicklung, welche sie erfährt, an die Versuchungen erinnert, die vom Schreien unsichtbarer Wüsten-

* Brevier: kurzer Auszug, Abriss, Ausschnitt.

tiere angetrieben, Einsiedler einst erfrischten. Doch schwebt diese Versuchung nicht vor dem Verfasser als kleines Ballettkorps auf ferner Bühne, sondern sie ist ihm nah, sie umpresst ihn stark, bis er sich in sie verschlingt, und ehe er es noch von der Dame erfuhr, schrieb er schon: »Aber man muss lieben, um sich mit Grazie hingeben zu können«, sagte Annie D., eine schöne blonde Schwedin.

Was ist es nun für ein Anblick, wenn der Verfasser in diese Arbeit so verstrickt uns erscheint, getragen von einer Natur, gleich jenen Wolken aus Stein, die einmal im Barock die Gruppen im Sturmwind sich umarmender Heiliger erhoben. Der Himmel, in den das Buch in der Mitte und gegen Ende ausbrechen muss, um durch ihn die frühere Gegend zu retten, ist fest und überdies durchsichtig.

Natürlich besteht niemand darauf, dass die Damen, für die der Verfasser geschrieben hat, dies wirklich sehn. Ist es doch genügend und mehr als das, wenn sie, vom ersten Absatz schon gezwungen, wie es sein muss, fühlen werden, dass sie in ihren Händen einen Beichtspiegel* halten und einen besonders treuen. Denn die Beichte, die man so nennt, geschieht in einem ungewohnten Möbelstück, auf dem Boden eines ungewohnten Raumes im halben

* Kleine Schrift, die Anweisungen für die eigene Gewissenserforschung vor der Beichte enthält.

Licht, das alles ringsherum und auf und ab mit Zukunft und Vergangenheit nur halb wahr macht, so dass notwendig auch alle Ja und Nein, die gefragten und die geantworteten halb falsch sein müssen, besonders wenn sie ganz ehrlich sind. Wie könnte man aber hier an ein wichtiges Detail vergessen in der gewohnten mitternächtlichen Beleuchtung während eines leisen Gespräches (leise, weil es heiß ist) nahe beim Bett!

(1909)

Am Fenster

Was werden wir in diesen Frühlingstagen tun, die jetzt rasch kommen? Heute früh war der Himmel grau, geht man aber jetzt zum Fenster, so ist man überrascht und lehnt die Wange an die Klinke des Fensters.

Unten sieht man das Licht der freilich schon sinkenden Sonne auf dem Gesicht des kindlichen Mädchens, das so geht und sich umschaut, und zugleich sieht man den Schatten des Mannes darauf, der hinter ihm rascher kommt.

Dann ist der Mann schon vorübergegangen, und das Gesicht des Kindes ist ganz hell.

(1910)

In der Nacht

Wenn man in der Nacht durch eine Gasse spazieren geht und ein Mann von weitem schon sichtbar – denn die Gasse vor uns steigt an und es ist Vollmond – uns entgegenläuft, so werden wir ihn nicht anpacken, selbst wenn er schwach und zerlumpt ist, selbst wenn jemand hinter ihm läuft und schreit, sondern wir werden ihn weiter laufen lassen.

Zeichnung von Franz Kafka

Denn es ist Nacht und wir können nicht dafür, dass die Gasse im Vollmond vor uns aufsteigt und überdies, vielleicht haben diese zwei die Hetze zu ihrer Unterhaltung veranstaltet, vielleicht verfolgen beide einen dritten, vielleicht wird der erste unschuldig verfolgt, vielleicht will der zweite morden, und wir würden Mitschuldige des Mordes, vielleicht wissen die zwei nichts von einander und es läuft nur jeder auf eigene Verantwortung in sein Bett, vielleicht sind es Nachtwandler, vielleicht hat der erste Waffen.

Und endlich dürfen wir nicht müde sein, haben wir nicht soviel Wein getrunken? Wir sind froh, dass wir auch den zweiten nicht mehr sehn.

(1910)

Kleider

Oft, wenn ich Kleider mit vielfachen Falten, Rüschen und Behängen sehe, die über schönen Körper schön sich legen, dann denke ich, dass sie nicht lange so erhalten bleiben, sondern Falten bekommen, nicht mehr gerade zu glätten, Staub bekommen, der dick in der Verzierung, nicht mehr zu entfernen ist und dass niemand so traurig und so lächerlich sich wird machen wollen, täglich das gleiche kostbare Kleid sich anzulegen und abends auszuziehen.

Doch sehe ich Mädchen, die wohl schön sind und vielfache reizende Muskeln und Knöchelchen und gespannte Haut und Massen dünner Haare zeigen, und doch tagtäglich in diesem einen natürlichen Maskenanzug erscheinen, immer das gleiche Gesicht in die gleichen Handflächen legen und von ihrem Spiegel widerscheinen lassen.

Nur manchmal am Abend, wenn sie spät von einem Feste kommen, scheint es ihnen im Spiegel abgenützt, gedunsen, verstaubt, von allen schon gesehn und kaum mehr tragbar.

(1910)

Der Fahrgast

Ich stehe auf der Plattform des elektrischen Wagens und bin vollständig unsicher in Rücksicht meiner Stellung in dieser Welt, in dieser Stadt, in meiner Familie. Auch nicht beiläufig könnte ich aussprechen, welche Ansprüche ich in irgendeiner Richtung mit Recht vorbringen könnte. Ich kann es gar nicht verteidigen, dass ich auf dieser Plattform stehe, mich an dieser Schlinge halte, von diesem Wagen mich tragen lasse, dass Leute dem Wagen ausweichen oder still gehn oder vor den Schaufenstern ruhn. – Der Wagen nähert sich einer Haltestelle, ein Mädchen stellt sich nahe den Stufen, zum Aussteigen bereit. Sie erscheint mir so deutlich, als ob ich sie betastet hätte.

Sie ist schwarz gekleidet, die Rockfalten bewegen sich fast nicht, die Bluse ist knapp und hat einen Kragen aus weißer kleinmaschiger Spitze. Die linke Hand hält sie flach an die Wand, der Schirm in ihrer Rechten steht auf der zweitobersten Stufe. Ihr Gesicht ist braun, die Nase, an den Seiten schwach gepresst, schließt rund und breit ab. Sie hat viel braunes Haar und verwehte Härchen an der rechten Schläfe. Ihr kleines Ohr liegt eng an, doch sehe ich, da ich nahe stehe, den ganzen Rücken der rechten Ohrmuschel und den gebogenen Schatten an der Wurzel.

Ich fragte mich damals: Wieso kommt es, dass sie nicht über sich verwundert ist, dass sie den Mund geschlossen hält und nichts dergleichen sagt.

(1910)

Zum Nachdenken für Herrenreiter

Nichts, wenn man es überlegt, kann dazu verlocken, in einem Wettrennen der erste sein zu wollen.

Der Ruhm, als der erste Reiter eines Landes anerkannt zu werden, freut im ersten Krawall des Orchesters zu stark, als dass sich am Morgen danach die Reue verhindern ließe.

Der Neid der Gegner, listiger, ziemlich einflussreicher Leute, muss uns in dem engen Spalier schmerzen, das wir nun durchschreiten nach jener Ebene, die bald vor uns leer war bis auf einige überrundete Reiter, die klein gegen den Rand des Horizonts anritten.

Viele unserer Freunde eilen den Gewinn zu beheben und nur über die Schultern weg schreien sie von den entlegenen Schaltern ihr Hurra zu uns; die beiden Freunde aber haben gar nicht auf unser Pferd gesetzt, da sie fürchteten, käme es zum Verluste, müssten sie uns böse sein, nun aber, da unser Pferd das erste war und sie nichts gewonnen haben, drehn sie sich um, wenn wir vorüberkommen, und schauen lieber die Tribünen entlang.

Die Konkurrenten rückwärts fest im Sattel suchen das Unglück zu überblicken, das sie getroffen hat, und das Unrecht, das ihnen irgendwie zugefügt wird; sie nehmen ein frisches Aussehen an, als müsse ein neues Rennen anfangen und ein ernsthaftes nach diesem Kinderspiel.

Vielen Damen scheint der Sieger lächerlich, weil er sich aufbläht und doch nicht weiß, was anzufangen mit dem ewigen Händeschütteln, Salutieren, sich Niederbeugen und in die Ferne grüßen, während die Besiegten den Mund geschlossen haben und die Hälse ihrer meist wiehernden Pferde leichthin klopfen.

Endlich fängt es gar aus dem trüb gewordenen Himmel zu regnen an.

(1910)

Großer Lärm

Ich sitze in meinem Zimmer im Hauptquartier des Lärms der ganzen Wohnung. Alle Türen höre ich schlagen, durch ihren Lärm bleiben mir nur die Schritte der zwischen ihnen Laufenden erspart, noch das Zuklappen der Herdtüre in der Küche höre ich. Der Vater durchbricht die Türen meines Zimmers und zieht im nachschleppenden Schlafrock durch, aus dem Ofen im Nebenzimmer wird die Asche gekratzt, Valli fragt, durch das Vorzimmer Wort für Wort rufend, ob des Vaters Hut schon geputzt ist, ein Zischen, das mir befreundet sein will, erhebt noch das Geschrei einer antwortenden Stimme. Die Wohnungstüre wird aufgeklinkt und lärmt, wie aus katarrhalischem Hals, öffnet sich dann weiterhin mit dem Singen einer Frauenstimme und schließt sich endlich mit einem dumpfen, männlichen Ruck, der sich am rücksichtslosesten anhört. Der Vater ist weg, jetzt beginnt der zartere, zerstreutere, hoffnungslosere Lärm, von den Stimmen der zwei Kanarienvögel angeführt. Schon früher dachte ich daran, bei den Kanarienvögeln fällt es mir von neuem ein, ob ich nicht die Türe bis zu einer kleinen Spalte öffnen, schlangengleich ins Nebenzimmer kriechen und so auf dem Boden meine Schwestern und ihr Fräulein um Ruhe bitten sollte.

(1912)

Die Vorüberlaufenden

Wenn man in der Nacht durch eine Gasse spazieren geht, und ein Mann, von weitem schon sichtbar – denn die Gasse vor uns steigt an und es ist Vollmond – uns entgegenläuft, so werden wir ihn nicht ansprechen, selbst wenn er schwach und zerlumpt ist, selbst wenn jemand hinter ihm läuft und schreit, sondern wir werden ihn weiter laufen lassen.

Denn es ist Nacht, und wir können nicht dafür, dass die Gasse im Vollmond vor uns aufsteigt, und überdies, vielleicht haben diese zwei die Hetze zu ihrer Unterhaltung veranstaltet, vielleicht verfolgen beide einen dritten, vielleicht wird der erste unschuldig verfolgt, vielleicht will der zweite morden, und wir würden Mitschuldige des Mordes, vielleicht wissen die zwei nichts voneinander, und es läuft nur jeder auf eigene Verantwortung in sein Bett, vielleicht sind es Nachtwandler, vielleicht hat der erste Waffen.

Und endlich dürften wir nicht müde sein, haben wir nicht soviel Wein getrunken? Wir sind froh, dass wir auch den zweiten nicht mehr sehen.

(1913)

Das Unglück des Junggesellen

Es scheint so arg, Junggeselle zu bleiben, als alter Mann unter schwerer Wahrung der Würde um Aufnahme zu bitten, wenn man einen Abend mit Menschen verbringen will, krank zu sein und aus dem Winkel seines Bettes wochenlang das leere Zimmer anzusehen. Immer vor dem Haustor Abschied zu nehmen, niemals neben seiner Frau sich die Treppe hinaufzudrängen, in seinem Zimmer nur Seitentüren zu haben, die in fremde Wohnungen führen, sein Nachtmahl in einer Hand nach Hause zu tragen, fremde Kinder anstaunen zu müssen und nicht immerfort wiederholen zu dürfen: »Ich habe keine«, sich im Aussehen und Benehmen nach ein oder zwei Junggesellen der Jugenderinnerungen auszubilden.

So wird es sein, nur dass man auch in Wirklichkeit heute und später selbst dastehen wird, mit einem Körper und einem wirklichen Kopf, also auch einer Stirn, um mit der Hand an sie zu schlagen.

(1913)

Die Abweisung

Wenn ich einem schönen Mädchen begegne und sie bitte: »Sei so gut, komm mit mir« und sie stumm vorübergeht, so meint sie damit:

Zeichnung von Franz Kafka

»Du bist kein Herzog mit fliegendem Namen, kein breiter Amerikaner mit indianischem Wuchs, mit waagrecht ruhenden Augen, mit einer von der Luft der Rasenplätze und der sie durchströmenden Flüsse massierten Haut, du hast keine Reisen gemacht zu den großen Seen und auf ihnen, die ich weiß nicht wo zu finden sind. Also ich bitte, warum soll ich, ein schönes Mädchen, mit dir gehn?«

»Du vergisst, dich trägt kein Automobil in langen Stößen schaukelnd durch die Gasse; ich sehe nicht die in ihre Kleider gepressten Herren deines Gefolges, die, Segenssprüche für dich murmelnd, in genauem Halbkreis hinter dir gehn; deine Brüste und im Mieder gut geordnet, aber deine Schenkel und Hüften entschädigen sich für jene Enthaltsamkeit; du trägst ein Taffetkleid mit plissierten Falten, wie es im vorigen Herbste uns durchaus allen Freude machte, und doch lächelst du – diese Lebensgefahr auf dem Leibe – bisweilen.«

»Ja, wir haben beide recht und, um uns dessen nicht unwiderleglich bewusst zu werden, wollen wir, nicht wahr, lieber jeder allein nach Hause gehn.«

(1908)

IV

»Für den Fall, dass Sie sich meiner auch im geringsten nicht mehr erinnern können«

Aus den Briefen an Felice Bauer (1912/1913)

[Briefkopf der Arbeiter-Unfall-Versicherungs-Anstalt]

Prag, am 20. September 1912

Sehr geehrtes Fräulein!
Für den leicht möglichen Fall, dass Sie sich meiner auch im geringsten nicht mehr erinnern könnten, stelle ich mich noch einmal vor: Ich heiße Franz Kafka und bin der Mensch, der Sie zum ersten Mal am Abend beim Herrn Direktor Brod* in Prag begrüßte, Ihnen dann über den Tisch hin Photographien von einer Thaliareise**, eine nach der andern, reichte und der schließlich in dieser Hand, mit der er jetzt die Tasten*** schlägt, ihre Hand hielt, mit der Sie das Ver-

* Max Brods Vater, Adolf Brod, Direktor der Prager Union-Bank.

** Vielleicht die Weimar-Reise, die Kafka im Sommer 1912 mit Max Brod unternommen hatte.

*** Die Tasten der Schreibmaschine.

sprechen bekräftigten, im nächsten Jahr eine Palästinareise mit ihm machen zu wollen.

Wenn Sie nun diese Reise noch immer machen wollen – Sie sagten damals, Sie wären nicht wankelmütig und ich bemerkte auch an Ihnen nichts dergleichen –, dann wird es nicht nur gut, sondern unbedingt notwendig sein, dass wir schon von jetzt ab über diese Reise uns zu verständigen suchen. Denn wir werden unsere gar für eine Palästinareise viel zu kleine Urlaubszeit bis auf den Grund ausnützen müssen, und das werden wir nur können, wenn wir uns so gut als möglich vorbereitet haben und über alle Vorbereitungen einig sind.

Eines muss ich nur eingestehen, so schlecht es an sich klingt und so schlecht es überdies zum Vorigen passt: Ich bin ein unpünktlicher Briefschreiber. Ja, es wäre noch ärger, als es ist, wenn ich nicht die Schreibmaschine hätte; denn wenn auch einmal meine Launen zu einem Brief nicht hinreichen sollten, so sind schließlich die Fingerspitzen zum Schreiben immer noch da. Zum Lohn dafür erwarte ich aber auch niemals, dass Briefe pünktlich kommen; selbst wenn ich einen Brief mit täglich neuer Spannung erwarte, bin ich niemals enttäuscht, wenn er nicht kommt, und kommt er schließlich, erschrecke ich gern. Ich merke beim neuen Einlegen des Papiers, dass ich mich vielleicht viel schwieriger gemacht habe, als ich bin. Es würde mir ganz recht geschehn, wenn ich diesen

Fehler gemacht haben sollte, denn warum schreibe ich auch diesen Brief nach der sechsten Bürostunde und auf einer Schreibmaschine, an die ich nicht sehr gewöhnt bin.

Aber trotzdem, trotzdem – es ist der einzige Nachteil des Schreibmaschinenschreibens, dass man sich so verläuft – wenn es auch dagegen Bedenken geben sollte, praktische Bedenken meine ich, mich auf eine Reise als Reisebegleiter, -führer, -Ballast, -Tyrann, und was sich noch aus mir entwickeln könnte, mitzunehmen, gegen mich als Korrespondenten – und darauf käme es ja vorläufig nur an – dürfte nichts Entscheidendes von vornherein einzuwenden sein und Sie könnten es wohl mit mir versuchen.

Ihr herzlich ergebener Dr. Franz Kafka
Prag, Pořič 7

vom 9. zum 10. XII. 12

Meine Liebste, wie diese verfluchten Unterbrechungen meinen Arbeiten schaden, das ist zum Trübsinnigwerden. Gestern noch habe ich mich mit Mühe vom Arbeiten zurückgehalten, dann kam die Reise dazwischen und schon habe ich heute sehr mittelmäßig, wenn auch glücklicherweise nur wenig geschrieben. Nein, gar nicht davon reden!

Was mich mit der Reise aussöhnt, ist einzig das,

Felice Bauer und Franz Kafka
Verlobungsfoto, Sommer 1917

dass sie auch für die Anstalt nutzlos war, wenn es mich natürlich auch auf der andern Seite wieder kränkt. Schließlich ist die ganze Reise zu einem Verwandtenbesuch – ich habe in Leitmeritz Verwandte – zusammengeschrumpft*, denn die Verhandlung, bei welcher ich die Anstalt vertreten sollte, ist vor 3 Tagen auf unbestimmte Zeit verlegt worden, ohne dass – infolge eines Irrtums der Gerichtskanzlei – unsere Anstalt davon verständigt worden wäre. Von dem aus gesehn bekommt es eine besondere Bedeutung, wie ich da eiligst fast noch in der Nacht von zu Hause abmarschiere, in einer feinen Kälte durch die Gassen wandere – vorbei am zwar schon beleuchteten, aber verhängten Frühstückzimmer des »Blauen Stern«, nun schaut zwar wieder jemand verlangend hinein, aber niemand mehr auf die Gasse heraus – wie ich dann weiter diese Nachtfahrt in der Eisenbahn zwischen schlafenden Herrschaften mitmache, die zwar schlafen, aber immer noch genug irregeführten Bewusstseins haben, um aus dem Schlaf heraus die von mir auf »kalt« immer wieder gestellte Heizung auf »warm« immer wieder zurückzudrehn und den überhitzten Raum weiter zu überhitzen, wie ich dann schließlich eine halbe Stunde lang in einer Landkutsche durch nebelige Alleen und mit Schnee

* Nämlich die mittlerweile anderweitig verheiratete Witwe von Kafkas Onkel Heinrich.

bloß bestreute Felder oder Wiesen fahre – und immer unruhig, immer unruhig und wäre es auch nur über die Stumpfheit meines Blicks, mit dem ich das alles ansehe. Dann bin ich endlich um 8 Uhr morgens vor dem Geschäft meiner Verwandten in der Langen Gasse in Leitmeritz und genieße in dem noch aus der Kindheit her bekannten Kontor meines Onkels (eigentlich eines Stiefonkels, wenn es etwas Derartiges geben sollte) die Frische und unverdiente Überlegenheit, die von einem Reisenden ausgeht, der zu jemandem kommt, der eben erst aus dem Bett gekrochen ist und in Filzpantoffeln im kaum geöffneten kalten Laden vergebens sich zu erwärmen sucht. Dann kam die Tante (um genau zu sein, die Frau meines schon vor vielen Jahren verstorbenen wahren Onkels, die nach dessen Tode den Geschäftsführer, eben diesen Stiefonkel, geheiratet hat), eine jetzt kränkliche, aber noch immer sehr lebendige, kleine, runde, schreiende, händereibende, mir seit jeher angenehme Person.

Aber nun muss ich sie hier weiterlärmen lassen, denn im Nebenzimmer schlägt es 3 Uhr morgens und das Kind muss schlafen gehn. Liebste, zu Deinem heutigen Brief habe ich Dir so viel zu sagen! Bitte sieh mich nicht als irgendein Wunder an, um unserer Liebe willen, tu das nicht. Es sieht ja dann aus, als ob Du mich von Dir entfernen wolltest. Ich bin im Grunde, soweit es nur auf mich ankommt und solange Du Dich nicht in meiner Nähe zeigst, ein sehr armer und unglücklicher Mensch; was an mir außergewöhnlich ist, ist es zum größten Teil im schlechten und traurigen Sinn und besteht, wie Du am Anfang Deines Briefes richtig geahnt hast, ohne es zu Ende zu denken, – besteht in der Hauptsache darin, dass ich nicht, statt nutzlos nach Leitmeritz zu fahren, mit eindeutigster Absicht nach Berlin fahren kann. Liebste, zieh mich also so nahe an Dich, als es diese meine traurige Außergewöhnlichkeit erlaubt. Und rede nicht von Großem, das in mir steckt, oder hältst Du es vielleicht für etwas Großes, dass ich wegen der zweitägigen Unterbrechung meines Schreibens diese zwei Tage mit der unausgesetzten Furcht verbringe, nicht mehr schreiben zu können, eine Furcht übrigens, die, wie der heutige Abend gezeigt hat, nicht so ganz sinnlos war. Und an unserem Abend, war denn das Herumhantieren mit dem Karton etwas anderes als Koketterie, Ängstlichkeit und wahrscheinlich gesellschaftliche Verzweiflung und Behaglichkeit in ihr. Gewiss hast Du es damals auch erkannt, wenn auch unbewusst, heute aber trübt sich Dir die Erinnerung, das soll sie nicht. Und an allem ist, möchte ich fast sagen, diese dumme Photographie schuld, die ich so lange gezögert habe wegzuschicken und die nun einerseits mir geschadet hat, andererseits mir aber noch nichts genützt hat, denn Deine letzte Photographie habe ich noch nicht, trotzdem sie längst fertig sein müsste. Liebste, nahe sollst Du mich zu Dir nehmen, nahe, nahe, so nahe wie ich mich zu Dir dränge, wie ich Dir während der ganzen Fahrt war, im Zug, im Wagen, bei den Verwandten, bei Gericht, auf der Gasse und im Feld. Ich schob im Coupé* meinen Nachbarn in Gedanken von der Bank herunter, setzte Dich statt seiner hin, und nun sahen wir jeder in seiner Ecke ruhig den andern an.

Wie ist es nur mit Deinem schlechten Aussehn, Felice? Was verlangt die Mutter von Dir? *(Darauf musst Du gleich und genau antworten!)* Worauf führt sie das schlechte Aussehn zurück? Was will sie geändert haben? Und welches ist Deiner Meinung nach der Grund? Und bist Du mit der Mutter schon ausgesöhnt? Du schienst mir unruhig in dem heutigen Brief. Und trotzdem Du mir unruhig schienst, bin ich so vernagelt, Dir auf den vorigen Seiten unnütze Lehren zu geben. Nun rede ich mich aber selbst in Unruhe hinein. Liebste, Dir fehlt doch nichts Ernstliches? Auf alle diese Fragen antworte bitte ganz genau. Alles andere auf den früheren Seiten ist gleichgültig, sieh es für durchstrichen an, nur darauf antworte! Was finge ich denn an, wenn Du krank würdest! Liebste, darüber muss ich alles wissen, das ist meine wichtigste Angelegenheit. Nochmals: Ich

* Abteil.

bin noch nicht unruhig, aber ich würde es werden, wenn Du nicht genau antwortest. Du bist doch meine Liebste.

Franz

vom 8. zum 9.1.12 [1913]

Ich habe heute aus verschiedenen Gründen statt zu schreiben einen Spaziergang mit jenem Dr. Weltsch* gemacht, nachdem ich 1½ Stunden inmitten seiner Familie gesessen bin und mir von seinem Vater, einem für alles interessierten, klugen Menschen, er ist kleiner Tuchhändler, viele alte, schöne Geschichtchen aus der frühern Prager Judenstadt**, aus den Zeiten seines Großvaters, der noch ein großer Tuchhändler gewesen ist, habe erzählen lassen. Ich musste mit fremden Menschen beisammen sein und dabei war mir doch in ihrer Gegenwart nicht wohl. Dieser Widerspruch äußert sich bei mir immer darin, dass ich denjenigen, der mir etwas erzählt, nicht fest anschauen kann, der Blick gleitet mir, wenn ich ihn gewähren lasse, von dem fremden Gesichte ab, und kämpfe ich dagegen an, wird es natürlich kein fester, sondern ein starrer Blick. Aber will ich denn den

* Felix Weltsch (1884–1964), Jurist; gemeinsamer Freund Franz Kafkas und Max Brods.

** Entstand im 13. Jahrhundert als jüdische Viertel und wurde zum größten Teil zwischen 1893 und 1913 zerstört.

ganzen Abend beschreiben? Nein, aber aus dem ungeheuern Wust des zu Sagenden drängt sich dem ein wenig stumpfen Sinn nur Willkürliches und Nebensächliches hervor. Es scheint mir überhaupt, als hätte ich Dir in den letzten Tagen so wenig, selbst von dem Dringendsten erzählt und geantwortet, dass ich manchmal das Gefühl habe, als sei ich im Begriff, Deines Zuhörens verlustig zu werden. Das darf nicht sein, Felice. Deute mein Nichtantworten auf einzelne Fragen nicht schlecht, nicht zu meinen Ungunsten, diese Wellen, die mich tragen, sind dunkles, trübes, schweres Wasser, ich komme langsam vorwärts und bleibe auch stecken, aber dann treibt es mich doch wieder weiter und es geht ganz gut. Du musst es doch schon bemerkt haben in unserem ersten Vierteljahr.

Ich kann auch lachen, Felice, zweifle nicht daran, ich bin sogar als großer Lacher bekannt, doch war ich in dieser Hinsicht früher viel närrischer als jetzt. Es ist mir sogar passiert, dass ich in einer feierlichen Unterredung mit unserem Präsidenten – es ist schon zwei Jahre her, wird aber in der Anstalt als Legende mich überleben – zu lachen angefangen habe; aber wie! Es wäre zu umständlich, Dir die Bedeutung dieses Mannes darzustellen, glaube mir also, dass sie sehr groß ist, und dass ein normaler Anstaltsbeamter sich diesen Mann nicht auf der Erde, sondern in den Wolken vorstellt. Und da wir im allgemeinen nicht viel Gelegenheit haben, mit dem Kaiser zu reden, so ersetzt dieser Mann dem normalen Beamten – ähnlich ist es ja in allen großen Betrieben – das Gefühl einer Zusammenkunft mit dem Kaiser. Natürlich haftet auch diesem Mann, wie jedem in ganz klare allgemeine Beobachtung gestellten Menschen, dessen Stellung nicht ganz dem eigenen Verdienste entspricht, genug Lächerlichkeit an, aber sich durch eine solche Selbstverständlichkeit, durch diese Art Naturerscheinung, gar in der Gegenwart des großen Mannes zum Lachen verleiten lassen, dazu muss man schon gottverlassen sein. Wir – zwei Kollegen und ich – waren damals gerade zu einem höhern Rang erhoben worden und hatten uns in feierlichem schwarzen Anzug beim Präsidenten zu bedanken, wobei ich nicht zu sagen vergessen darf, dass ich aus besonderem Grunde dem Präsidenten* von vornherein zu besonderem Dank verpflichtet bin. Der würdigste von uns dreien – ich war der jüngste – hielt die Dankrede, kurz, vernünftig, schneidig, wie das seinem Wesen entsprach. Der Präsident hörte in seiner gewöhnlichen, bei feierlicher Gelegenheit gewählten, ein wenig an die Audienzhaltung unseres Kaisers erinnernden, tatsächlich (wenn man will und nicht anders kann) urkomischen Stellung zu. Die Beine leicht gekreuzt, die linke Hand zur Faust geballt auf die äu-

* Dr. Otto Přibram, Präsident der Arbeiter-Unfall-Versicherungs-Anstalt.

ßerste Tischecke gelegt, den Kopf gesenkt, so dass sich der weiße Vollbart auf der Brust einbiegt und zu alledem den nicht allzu großen, aber immerhin vortretenden Bauch ein wenig schaukelnd. Ich muss damals in einer sehr unbeherrschbaren Laune gewesen sein, denn diese Stellung kannte ich schon zur Genüge und es war gar nicht nötig, dass ich, allerdings mit Unterbrechungen, kleine Lachanfälle bekam, die sich aber noch leicht als Hustenreiz erklären ließen, zumal der Präsident nicht aufsah. Auch hielt mich die klare Stimme meines Kollegen, der nur vorwärts blickte und meinen Zustand wohl bemerkte, ohne sich aber von ihm beeinflussen zu lassen, noch genug im Zaum. Da hob aber der Präsident nach Beendigung der Rede meines Kollegen das Gesicht, und nun packte mich für einen Augenblick ein Schrecken ohne Lachen, denn nun konnte er ja auch meine Mienen sehn und leicht feststellen, dass das Lachen, das mir zu meinem Leidwesen aus dem Munde kam, durchaus kein Husten war. Als er aber seine Rede anfing, wieder diese übliche, längst vorher bekannte, kaiserlich schematische, von schweren Brusttönen begleitete, ganz und gar sinnlose und unbegründete Rede, als mein Kollege durch Seitenblicke mich, der ich mich ja gerade zu beherrschen suchte, warnen wollte und mich gerade dadurch lebhaft an den Genuss des frühern Lachens erinnerte, konnte ich mich nicht mehr halten, und alle Hoffnung schwand mir, dass ich mich jemals würde halten können. Zuerst lachte ich nur zu den kleinen hie und da eingestreuten zarten Späßchen des Präsidenten; während es aber Gesetz ist, dass man zu solchen Späßchen nur gerade in Respekt das Gesicht verzieht, lachte ich schon aus vollem Halse, ich sah, wie meine Kollegen aus Furcht vor Ansteckung erschraken, ich hatte mit ihnen mehr Mitleid als mit mir, aber ich konnte mir nicht helfen, dabei suchte ich mich nicht etwa abzuwenden oder die Hand vorzuhalten, sondern starrte immerzu dem Präsidenten in meiner Hilflosigkeit ins Gesicht, unfähig, das Gesicht wegzuwenden, wahrscheinlich in einer gefühlsmäßigen Annahme, dass nichts besser, alles nur schlechter werden könne und dass es daher am besten sei, jede Veränderung zu vermeiden. Natürlich lachte ich dann, da ich nun schon einmal im Gange war, nicht mehr bloß über die gegenwärtigen Späßchen, sondern auch über die vergangenen und die zukünftigen und über alle zusammen, und kein Mensch wusste mehr, worüber ich eigentlich lache; eine allgemeine Verlegenheit fing an, nur der Präsident war noch verhältnismäßig unbeteiligt, als großer Mann, der an vielerlei in der Welt gewöhnt ist, und dem übrigens die Möglichkeit der Respektlosigkeit vor seiner Person gar nicht eingehn kann. Wenn wir in diesem Zeitpunkt herausgeschlüpft wären, der Präsident kürzte auch vielleicht seine Rede ein wenig ab, wäre noch alles ziemlich gut abgelaufen, mein Benehmen wäre zwar zweifellos unanständig gewesen, diese Unanständigkeit wäre aber nicht offen zur Sprache gekommen und die Angelegenheit wäre, wie dies mit solchen scheinbar unmöglichen Dingen öfters geschieht, durch stillschweigendes Übereinkommen unserer vier, die wir beteiligt waren, erledigt gewesen. Nun fing aber zum Unglück der bisher nicht erwähnte Kollege (ein fast 40jähriger Mann mit rundem, kindischen, aber bärtigen Gesicht, dabei ein fester Biertrinker) eine kleine, ganz unerwartete Rede an. Im Augenblick war es mir vollständig unbegreiflich, er war ja schon durch mein Lachen ganz aus der Fassung gebracht gewesen, hatte mit vor verhaltenem Lachen aufgeblähten Wangen dagestanden und – jetzt fing er eine ernste Rede an. Nun war das aber bei ihm gut verständlich. Er hat ein so leeres, hitziges Temperament, ist imstande, von allen anerkannte Behauptungen leidenschaftlich endlos zu vertreten, und die Langweile dieser Reden wäre ohne das Lächerliche und Sympathische ihrer Leidenschaft unerträglich. Nun hatte der Präsident in aller Harmlosigkeit irgendetwas gesagt, was diesem Kollegen nicht ganz passte, außerdem hatte er, vielleicht durch den Anblick meines schon ununterbrochenen Lachens beeinflusst, ein wenig daran vergessen, wo er sich befand, kurz er glaubte, es sei der richtige Augenblick gekommen, mit seinen besondern Ansichten hervorzutreten und den (gegen alles, was andere reden, natürlich zum Tode gleichgültigen) Präsidenten zu überzeugen. Als er also jetzt mit schwingenden Handbewegungen etwas (schon im allgemeinen und hier insbesondere) Läppisches daherredete, wurde es mir zu viel, die Welt, die ich bisher immerhin im Schein vor den Augen gehabt hatte, verging mir völlig und ich stimmte ein so lautes, rücksichtsloses Lachen an, wie es vielleicht in dieser Herzlichkeit nur Volksschülern in ihren Schulbänken gegeben ist. Alles verstummte, und nun war ich endlich mit meinem Lachen anerkannter Mittelpunkt. Dabei schlotterten mir natürlich vor Angst die Knie, während ich lachte, und meine Kollegen konnten nun ihrerseits nach Belieben mitlachen, die Grässlichkeit meines so lange vorbereiteten und geübten Lachens erreichten sie ja doch nicht und blieben vergleichsweise unbemerkt. Mit der rechten Hand meine Brust schlagend, zum Teil im Bewusstsein meiner Sünde (in Erinnerung an den Versöhnungstag), zum Teil, um das viele verhaltene Lachen aus der Brust herauszutreiben, brachte ich vielerlei Entschuldigungen für mein Lachen vor, die vielleicht alle sehr überzeugend waren, aber infolge neuen, immer dazwischenfahrenden Lachens gänzlich unverstanden blieben. Nun war natürlich selbst der Präsident beirrt, und nur in dem solchen Leuten schon mit allen seinen Hilfsmitteln eingeborenen Gefühl, alles möglichst abzurunden, fand er irgendeine Phrase, die meinem Heulen irgendeine menschliche Erklärung gab, ich glaube, eine Beziehung zu einem Spaß, den er vor langer Zeit gemacht hatte. Dann entließ er uns eilig. Unbesiegt, mit großem Lachen, aber todunglücklich, stolperte ich als erster aus dem Saal. – Die Sache ist ja durch einen Brief, den ich dem Präsidenten gleich danach schrieb, sowie durch Vermittlung eines Sohnes des Präsidenten, den ich gut kenne, endlich auch durch den Zeitverlauf zum größten Teil besänftigt worden, gänzliche Verzeihung habe ich natürlich nicht erlangt und werde sie auch nie erlangen. Aber daran liegt nicht viel, vielleicht habe ich es damals nur getan, um Dir später einmal beweisen zu können, dass ich lachen kann.

Nun habe ich aber – und so rächt sich die alte Schuld gegenüber dem Präsidenten neuerlich – so viel geschrieben und nichts. Nur noch paar Antworten in letzter Eile vor dem Schlafengehn: »Höhe des Gefühls«* gehört natürlich Dir, ganz und gar Dir. Die Widmung »als Freund« ist ausdrücklich für Dich bestimmt, Du nimmst sie doch an? (Ich habe natürlich ein anderes Widmungsexemplar.) Und wenn die Widmung vielleicht einen kleinen Nebensinn hat (den sie tatsächlich nicht hat, den ich aber jetzt hineinlege), dass Max auch mein Freund ist und dass da-

* *Die Höhe des Gefühls*, Gedichtsammlung von Max Brod (1884–1968), erschienen 1913.

her auch diese Widmung mir die Möglichkeit gibt, ganz nahe neben Dich hinzutreten (die imaginärste Möglichkeit zu solchem Hintreten will ich ausnützen), wäre das so arg?

Nein, es ist schon wirklich zu spät, um fortzusetzen. Nur noch einen Heller* lege ich bei, den ich auf dem heutigen Abendspaziergang gefunden habe. Ich klagte gerade über etwas (es gibt nichts, worüber ich nicht klagen könnte), trat in meiner Unzufriedenheit etwas stärker auf und stöberte dabei mit der Fußspitze diesen Heller auf dem Pflaster auf. Solche Heller bringen Glück; aber ich brauche kein Glück, das Du nicht auch hast, und deshalb schicke ich es Dir. Ist es denn nicht auch so, wie wenn Du ihn gefunden hättest, da ich ihn gefunden habe?

Franz

4. IV. 13
[vermutlich in der Nacht vom 4. zum 5. April 1913]

In der vorletzten oder vorvorletzten Nacht träumte ich fortwährend von Zähnen; es waren nicht Zähne im Gebiss geordnet, sondern es war eine Masse genau, wie in den Geduldspielen der Kinder, zusammengefügter Zähne, die alle unter einander von meinen Kiefern gelenkt in schiebender Bewegung waren. Ich wandte alle Kraft an, um etwas zum Ausdruck zu

* Eine tschechische Krone besteht aus 100 Hellern.

bringen, was mir vor allem andern am Herzen lag; die Bewegungen dieser Zähne, die Lücken zwischen ihnen, ihr Knirschen, das Gefühl, wenn ich sie lenkte – alles hatte irgendeine genaue Beziehung zu einem Gedanken, einem Entschlusse, einer Hoffnung, einer Möglichkeit, die ich durch dieses ununterbrochene Beißen erfassen, halten, verwirklichen wollte. Ich gab mir solche Mühe, manchmal schien es möglich, manchmal dachte ich, ich wäre mitten im Erfolg, und als ich früh endgültig aufwachen sollte, schien es mir beim halben Öffnen der Augen, alles sei gelungen, die Arbeit der langen Nacht sei nicht vergeblich gewesen, die endgültige, unveränderliche Zusammenstellung der Zähne habe eine zweifellose glückbringende Bedeutung, und es kam mir unbegreiflich vor, dass ich das während der Nacht nicht längst erkannt hatte und so hoffnungslos gewesen war, ja gemeint hatte, das deutliche Träumen schade dem Schlaf. Dann aber wurde ich gänzlich wach (da ruft immer unser Fräulein mit klagender, vorwurfsvoller Stimme, wie spät es ist), und nun war also doch nichts erreicht, diese Unglückszeit des Bureaus fing wieder an und Du Liebste, das wusste ich allerdings damals nicht, hattest die Nacht mit Zahnschmerzen verbracht.

Weißt Du, Liebste, diese Mischung von Glück und Unglück, die mein Verhältnis zu Dir bedeutet (Glück – weil Du mich noch nicht verlassen hast und wenn Du mich verlassen solltest, mir doch einmal gut gewesen bist, Unglück – weil ich die Probe auf meinen Wert, die Du für mich bedeutest, so elend bestehe), jagt mich im Kreis herum, als wäre ich der Überflüssigste auf dieser Welt. Alle Hemmungen, die bisher (jeder Mensch hat oft Proben zu bestehen, ich habe wenige bestanden, und keine war so groß und entscheidend wie diese) mich noch hielten, scheinen sich zu lösen, ich gehe in einer sinnlosen Verzweiflung und Wut herum, nicht vielleicht gegen meine Umgebung, gegen meine Bestimmung, gegen das, was über uns ist, sondern nur und mit Wollust gegen mich, gegen mich allein. Am schlimmsten vielleicht geht es mir im Bureau, diese an und für sich gespensterhafte Tätigkeit beim Schreibtisch überwächst mich, ich bringe nichts fertig, manchmal hätte ich Lust, mich dem Direktor zu Füßen zu werfen und ihn zu bitten, mich aus Menschlichkeit nicht hinauszuwerfen. Natürlich merkt kaum jemand etwas von alledem. Und vielleicht wird alles von übermorgen ab besser, ich werde nachmittag bei einem Gärtner arbeiten, darüber schreibe ich Dir nächstens.

Franz

V

»Diese empörenden Ärzte!«

Aus den Tagebüchern (1912/1913)

Aus dem Tagebuch, 14. 8. 1913

Der Coitus* als Bestrafung des Glückes des Beisammenseins. Möglichst asketisch leben, asketischer als ein Junggeselle, das ist die einzige Möglichkeit für mich, die Ehe zu ertragen. Aber sie?

Aus den Tagebüchern, 8. 2. 1912

Ich bin nervöser, schwächer geworden und habe einen großen Teil der Ruhe, auf die ich vor Jahren stolz war, verloren. Als ich heute die Karte von Baum** bekam, in der er schreibt, dass er doch die Conférence*** zum ostjüdischen Abend nicht halten kann, und ich also glauben musste, dass ich die Sache werde übernehmen müssen, war ich ganz unbeherrschbaren Zuckungen überlassen, wie kleine Feuerchen sprang das Aufklopfen der Adern den Körper entlang; saß ich, zitterten mir unter dem Tisch die

* Beischlaf.
** Oskar Baum (1883–1946), Schriftsteller und Journalist.
*** Zusammenkunft, die von einem Conférencier, der moderiert und humoristische Ansagen macht, geleitet wird.

Knie und die Hände musste ich aneinanderdrücken. Ich werde ja einen guten Vortrag halten, das ist sicher, auch wird die aufs höchste gesteigerte Unruhe an dem Abend selbst mich so zusammenziehn, dass nicht einmal für Unruhe Raum sein wird und die Rede aus mir geradewegs kommen wird wie aus einem Flintenlauf. Es ist aber möglich, dass ich nachher niederfallen und jedenfalls es lange nicht werde verwinden können. So wenig Körperkraft! Sogar diese paar Worte sind unter der Beeinflussung der Schwäche geschrieben.

Gestern Abend bei Baum mit Löwy*. Meine Lebendigkeit. Letzthin hat Löwy bei Baum eine schlechte hebräische Geschichte »Das Auge« übersetzt.

13. Februar [1912]. Ich beginne für die Conférence zu Löwys Vorträgen zu schreiben. Sie ist schon Sonntag, den achtzehnten. Ich werde nicht mehr viel Zeit haben, mich vorzubereiten und stimme doch hier ein Rezitativ an wie in der Oper. Nur deshalb, weil schon seit Tagen eine ununterbrochene Aufregung mich bedrängt und ich vor dem eigentlichen Beginn halbwegs zurückgezogen ein paar Worte nur für mich hinschreiben will, um dann erst, ein wenig in Gang gebracht, vor die Öffentlichkeit mich hinzustellen.

* Jizchak Löwy (1887–1942), Schauspieler, der eine eigene Theatergruppe zu gründen versuchte; er trat 1911/12 mit der Lemberger Theatergruppe in Prag auf und lernte dabei Kafka kennen.

Kälte und Hitze wechselt in mir mit dem wechselnden Wort innerhalb des Satzes, ich träume melodischen Aufschwung und Fall, ich lese Sätze Goethes, als liefe ich mit ganzem Körper die Betonungen ab.

25. Februar [1912]. Das Tagebuch von heute an festhalten! Regelmäßig schreiben! Sich nicht aufgeben! Wenn auch keine Erlösung kommt, so will ich doch jeden Augenblick ihrer würdig sein. Diesen Abend verbrachte ich in vollständiger Gleichgültigkeit am Familientisch, die rechte Hand an der Sessellehne der neben mir Karten spielenden Schwester, die linke schwach im Schoß. Von Zeit zu Zeit suchte ich meines Unglücks mir bewusst zu werden, es gelang mir kaum.

Ich habe so lange nichts geschrieben, weil ich einen Vortragsabend Löwys im Festsaal des jüdischen Rathauses am 18. 2. 1912 veranstaltet habe, bei dem ich einen kleinen Einleitungsvortrag über Jargon* hielt. Zwei Wochen lebte ich in Sorgen, weil ich den Vortrag nicht zustande bringen konnte. Am Abend vor dem Vortrag gelang es mir plötzlich.

Vorbereitungen zum Vortrag: Konferenzen mit dem Verein Bar-Kochba**, Zusammenstellung des Programms, Eintrittskarten, Saal, Nummerierung der

* Jargon hier: Jiddisch.

** Namensgeber ist Simon Bar Kochba, der 132–135 n. Chr. den Aufstand gegen die römischen Besatzer anführte, sich am Ende aber auf die Festung Betar zurückziehen musste und dort starb.

Plätze, Schlüssel zum Klavier (Toynbeehalle), erhöhtes Podium, Klavierspieler, Kostümierung, Kartenverkauf, Zeitungsnotizen, Zensur der Polizei und der Kultusgemeinde.

Lokale, in denen ich war, und Leute, mit denen ich gesprochen oder denen ich geschrieben habe. Allgemeines: mit Max*, mit Schmerler*, der bei mir war, mit Baum, der zuerst die Conférence übernommen hatte, sie dann ablehnte, den ich im Laufe eines dafür bestimmten Abends wieder umstimmte und der den nächsten Tag mit Rohrpostkarte wieder absagte, mit Dr. Hugo Hermann* und Leo Hermann* im Café Arco**, öfters mit Robert Weltsch*** in seiner Wohnung, wegen Kartenverkaufes mit Dr. Bl. (umsonst), Dr. H., Dr. Fl., Besuch bei Frl. T., Vortrag im Afike Jehuda† (Rabb. Ehrentreu über Jeremias und seine Zeit, beim geselligen Zusammensein nachher kleine misslungene Rede über Löwy), beim Lehrer W. (dann im Café, dann spazieren, von zwölf bis eins stand er

* Max: Max Brod; Schmerler: ein befreundeter junger Kaufmann; Hugo Hermann (1887–1940), Gründer der Studentenorganisation »Bar Kochba«, Autor und Verleger; Leo Hermann (1888–1951), Obmann des Vereins »Bar Kochba«.

** Café im Norden der Altstadt Prags gelegen, Treffpunkt des Prager Kreises, den Karl Kraus als »Arconauten« bezeichnete.

*** Robert Weltsch (1891–1982), Mitglied in »Bar Kochba«, bedeutender Zionist, Journalist und Publizist.

† Neben Jesaja und Ezechiel einer der drei großen Schriftpropheten.

lebendig wie ein Tier vor meiner Haustür und ließ mich nicht hinein). Wegen des Saales bei Dr. Karl B., zweimal in der Wohnung des L. auf dem Heuwagsplatz, einige Mal bei Otto Pick*, in der Bank, wegen des Klavierschlüssels beim Toynbeevortrag, mit Herrn R. und dem Lehrer St., dann in des letztern Wohnung den Schlüssel abholen und wieder zurückbringen, wegen des Podiums mit dem Hausmeister und Diener des Rathauses, wegen der Bezahlung in der Rathauskanzlei (zweimal), wegen des Verkaufes bei Frau Fr. in der Ausstellung »Der gedeckte Tisch«. Geschrieben an Frl. T., an einen Otto Kl. (nutzlos), für das »Tagblatt« (nutzlos), an Löwy (»ich werde den Vortrag nicht halten können, retten Sie mich!«).

Aufregungen: Wegen des Vortrags, eine Nacht zusammengedreht im Bett, heiß und schlaflos, Hass auf Dr. B., Schrecken vor Weltsch (er wird nichts verkaufen können), Afike Jehuda, in den Zeitungen erscheinen die Notizen nicht so, wie man es erwartet, Zerstreutheit im Bureau, das Podium kommt nicht, es wird wenig verkauft, die Farbe der Karten regt mich auf, der Vortrag muss unterbrochen werden, weil der Klavierspieler die Noten zu Hause in Kosir vergessen hat, häufige Gleichgültigkeit gegen Löwy, fast Abscheu.

Nutzen: Freude an Löwy und Vertrauen zu ihm,

* Otto Pick (1887–1940), Übersetzer, Schriftsteller und Journalist.

stolzes, überirdisches Bewusstsein während meines Vortrags (Kälte gegen das Publikum, nur der Mangel an Übung hindert mich an der Freiheit der begeisterten Bewegung), starke Stimme, müheloses Gedächtnis, Anerkennung, vor allem aber die Macht, mit der ich laut, bestimmt, entschlossen, fehlerfrei, unaufhaltsam, mit klaren Augen, fast nebenbei, die Frechheit der drei Rathausdiener unterdrücke und ihnen statt der verlangten zwölf Kronen nur sechs Kronen gebe und diese noch wie ein großer Herr. Da zeigen sich Kräfte, denen ich mich gern anvertrauen möchte, wenn sie bleiben wollten. (Meine Eltern waren nicht dort.)

Sonst: Akademie der Herdervereinigung auf der Sophieninsel*. Bie** schiebt mit Beginn des Vortrags die Hand in die Hosentasche. Dieses unter aller Täuschung befriedigte Gesicht der nach ihrem Belieben arbeitenden Menschen. Hofmannsthal*** liest mit falschem Klang in der Stimme. Gesammelte Gestalt, angefangen von den an den Kopf angepressten Oh-

* Insel in der Moldau in der Nähe des Nationaltheaters in Prag, seit 1848 Tagungsort des Slawenkongresses.

** Oskar Bie (1864–1938), deutscher Kunsthistoriker und Publizist; leitete die *Neue deutsche Rundschau*, die damals wichtigste kulturelle Monatsschrift. Bie hielt einen Vortrag zur Ästhetik des Tanzes.

*** Hugo von Hofmannsthal (1874–1929), österreichischer Lyriker, Dramatiker und Librettist und Mitbegründer der Salzburger Festspiele; einer der wichtigsten Autoren der Wiener Moderne.

ren. Wiesenthal*. Die schönen Tanzstellen, wenn sich zum Beispiel in einem auf den Boden Zurücksinken die natürliche Körperschwere zeigt.

Tagebuch, 5. 3. 1912

Diese empörenden Ärzte! Geschäftlich entschlossen und in der Heilung so unwissend, dass sie, wenn jene geschäftliche Entschlossenheit sie verließe, wie Schuljungen vor den Krankenbetten stünden. Hätte ich doch die Kraft, einen Naturheilverein zu gründen. Durch Herumkratzen im Ohr meiner Schwester macht Dr. K. eine Trommelfellentzündung zur Mittelohrentzündung; das Dienstmädchen fällt beim Einheizen hin, der Doktor erklärt es mit jener Schnelligkeit der Diagnose, die er gegenüber Dienstmädchen hat, für verdorbenen Magen und Blutandrang infolgedessen, am nächsten Tag legt sie sich wieder nieder, hat nahes Fieber, der Doktor dreht sie rechts und links, konstatiert Angina** und läuft rasch weg, um nicht vom nächsten Augenblick widerlegt zu werden. Wagt sogar von »niederträchtig starken Reaktionen dieses Mädchens« zu reden, woran das wahr ist, dass er an

* Grete Wiesenthal (1885–1970), Tänzerin und Choreografin; führte an dem Abend Tänze zu Strauß-Walzern und Liszts zweiter Ungarischer Rhapsodie auf.

** Hier: Angina pectoris, Brustenge, Herzschmerz, ausgelöst durch Durchblutungsstörung des Herzens.

Menschen gewöhnt ist, deren körperlicher Zustand seiner Heilkunst würdig und durch sie hervorgebracht ist und dass er sich durch die starke Natur dieses Mädchens vom Lande, mehr als er weiß, beleidigt fühlt.

Tagebuch, 11. 2. 1913

Anlässlich der Korrektur des »Urteil«* schreibe ich alle Beziehungen auf, die mir in der Geschichte klargeworden sind, soweit ich sie gegenwärtig habe. Es ist dies notwendig, denn die Geschichte ist wie eine regelrechte Geburt mit Schmutz und Schleim bedeckt aus mir herausgekommen und nur ich habe die Hand, die bis zum Körper dringen kann und Lust dazu hat:

Der Freund ist die Verbindung zwischen Vater und Sohn, er ist ihre größte Gemeinsamkeit. Allein bei seinem Fenster sitzend wühlt Georg in diesem Gemeinsamen mit Wollust, glaubt den Vater in sich zu haben und hält alles, bis auf eine flüchtige traurige Nachdenklichkeit, für friedlich. Die Entwicklung der Geschichte zeigt nun, wie aus dem Gemeinsamen, dem Freund, der Vater hervorsteigt und sich als Gegensatz Georg gegenüber aufstellt, verstärkt durch andere kleinere Gemeinsamkeiten, nämlich durch die Liebe, Anhänglichkeit der Mutter, durch die treue Erinnerung an sie und durch die Kundschaft, die ja der Vater doch ursprünglich für das Geschäft erworben hat.

* *Das Urteil*, Erzählung von Kafka, entstanden 1912.

Porträt der lesenden Mutter (oben) und
Selbstporträt Franz Kafkas (unten), Oktober 1911 (?)

Georg hat nichts; die Braut, die in der Geschichte nur durch die Beziehung zum Freund, also zum Gemeinsamen, lebt, und die, da eben noch nicht Hochzeit war, in den Blutkreis, der sich um Vater und Sohn zieht, nicht eintreten kann, wird vom Vater leicht vertrieben. Das Gemeinsame ist alles um den

Vater aufgetürmt, Georg fühlt es nur als Fremdes, Selbständig-Gewordenes, von ihm niemals genug Beschütztes, russischen Revolutionen Ausgesetztes, und nur weil er selbst nichts mehr hat, als den Blick auf den Vater, wirkt das Urteil, das ihm den Vater gänzlich verschließt, so stark auf ihn.

Georg hat so viel Buchstaben wie Franz. In Bendemann ist »mann« nur eine für alle noch unbekannten Möglichkeiten der Geschichte vorgenommene Verstärkung von »Bende«. Bende aber hat ebenso viele Buchstaben wie Kafka, und der Vokal e wiederholt sich an den gleichen Stellen wie der Vokal a in Kafka.

Frieda hat ebensoviel Buchstaben wie F. und den gleichen Anfangsbuchstaben, Brandenfeld hat den gleichen Anfangsbuchstaben wie B. und durch das Wort »Feld« auch in der Bedeutung eine gewisse Beziehung. Vielleicht ist sogar der Gedanke an Berlin nicht ohne Einfluss gewesen, und die Erinnerung an die Mark Brandenburg hat vielleicht eingewirkt.

12. Februar [1913]. Ich habe bei der Beschreibung des Freundes in der Fremde viel an Steuer* gedacht. Als ich nun zufällig, etwa ein Vierteljahr nach dieser Geschichte, mit ihm zusammenkam, erzählte er mir, dass er sich vor etwa einem Vierteljahr verlobt habe.

Nachdem ich die Geschichte gestern bei Weltsch

* Otto Steuer, Freund Kafkas aus dessen später Schulzeit.

vorgelesen hatte, ging der alte Weltsch hinaus und lobte, als er nach einem Weilchen zurückkam, besonders die bildliche Darstellung in der Geschichte. Mit ausgestreckter Hand sagte er: »Ich sehe diesen Vater vor mir«, und dabei sah er ausschließlich auf den leeren Sessel, in dem er während der Vorlesung gesessen war.

Die Schwester sagte: »Es ist unsere Wohnung.« Ich staunte darüber, wie sie die Örtlichkeit missverstand, und sagte: »Da müsste ja der Vater auf dem Klosett wohnen.«

Tagebuch, Ende Juli 1913

Zusammenstellung alles dessen, was für und gegen meine Heirat spricht:

1. Unfähigkeit, allein das Leben zu ertragen, nicht etwa Unfähigkeit zu leben, ganz im Gegenteil, es ist sogar unwahrscheinlich, dass ich es verstehe, mit jemandem zu leben, aber unfähig bin ich, den Ansturm meines eigenen Lebens, die Anforderungen meiner eigenen Person, den Angriff der Zeit und des Alters, den vagen Andrang der Schreiblust, die Schlaflosigkeit, die Nähe des Irreseins – alles dies allein zu ertragen bin ich unfähig. Vielleicht, füge ich natürlich hinzu. Die Verbindung mit F. wird meiner Existenz mehr Widerstandskraft geben.

2. Alles gibt mir gleich zu denken. Jeder Witz im Witzblatt, die Erinnerung an Flaubert und Grillparzer, der Anblick der Nachthemden auf den für die

Nacht vorbereiteten Betten meiner Eltern, Maxens* Ehe. Gestern sagte meine Schwester: »Alle Verheirateten (unserer Bekanntschaft) sind glücklich, ich begreife es nicht«, auch dieser Ausspruch gab mir zu denken, ich bekam wieder Angst.

3. Ich muss viel allein sein. Was ich geleistet habe, ist nur ein Erfolg des Alleinseins.

4. Alles, was sich nicht auf Literatur bezieht, hasse ich, es langweilt mich, Gespräche zu führen (selbst wenn sie sich auf Literatur beziehen), es langweilt mich, Besuche zu machen, Leiden und Freuden meiner Verwandten langweilen mich in die Seele hinein. Gespräche nehmen allem, was ich denke, die Wichtigkeit, den Ernst, die Wahrheit.

5. Die Angst vor der Verbindung, dem Hinüberfließen. Dann bin ich nie mehr allein.

6. Ich bin vor meinen Schwestern, besonders früher war es so, oft ein ganz anderer Mensch gewesen als vor andern Leuten. Furchtlos, bloßgestellt, mächtig, überraschend, ergriffen wie sonst nur beim Schreiben. Wenn ich es durch Vermittlung meiner Frau vor allen sein könnte! Wäre es dann aber nicht dem Schreiben entzogen? Nur das nicht, nur das nicht!

7. Allein könnte ich vielleicht einmal meinen Posten wirklich aufgeben. Verheiratet wird es nie möglich sein.

* Max Brod.

VI
Geschichten II

Vor dem Gesetz

Vor dem Gesetz steht ein Türhüter. Zu diesem Türhüter kommt ein Mann vom Lande und bittet um Eintritt in das Gesetz. Aber der Türhüter sagt, dass er ihm jetzt den Eintritt nicht gewähren könne. Der Mann überlegt und fragt dann, ob er also später werde eintreten dürfen. »Es ist möglich«, sagt der Türhüter, »jetzt aber nicht.« Da das Tor zum Gesetz offen steht wie immer und der Türhüter beiseite tritt, bückt sich der Mann, um durch das Tor in das Innere zu sehen. Als der Türhüter das merkt, lacht er und sagt: »Wenn es dich so lockt, versuche es doch trotz meines Verbotes hineinzugehen. Merke aber: Ich bin mächtig. Und ich bin nur der unterste Türhüter. Von Saal zu Saal stehen aber Türhüter, einer mächtiger als der andere. Schon den Anblick des Dritten kann nicht einmal ich mehr ertragen.« Solche Schwierigkeiten hat der Mann vom Lande nicht erwartet; das Gesetz soll doch jedem und immer zugänglich sein, denkt er, aber als er jetzt den Türhüter in seinem Pelzmantel genauer ansieht, seine große Spitznase, den langen, dünnen, schwarzen tartarischen Bart, entschließt er sich doch lieber zu warten, bis er die

Erlaubnis zum Eintritt bekommt. Der Türhüter gibt ihm einen Schemel und lässt ihn seitwärts von der Tür sich niedersetzen. Dort sitzt er Tage und Jahre. Er macht viele Versuche, eingelassen zu werden, und ermüdet den Türhüter durch seine Bitten. Der Türhüter stellt öfters kleine Verhöre mit ihm an, fragt ihn über seine Heimat aus und nach vielem andern, es sind aber teilnahmslose Fragen, wie sie große Herren stellen, und zum Schlusse sagt er ihm immer wieder, dass er ihn noch nicht einlassen könne. Der Mann, der sich für seine Reise mit vielem ausgerüstet hat, verwendet alles, und sei es noch so wertvoll, um den Türhüter zu bestechen. Dieser nimmt zwar alles an, aber sagt dabei: »Ich nehme es nur an, damit du nicht glaubst, etwas versäumt zu haben.« Während der vielen Jahre beobachtet der Mann den Türhüter fast ununterbrochen. Er vergisst die andern Türhüter, und dieser erste scheint ihm das einzige Hindernis für den Eintritt in das Gesetz. Er verflucht den unglücklichen Zufall, in den ersten Jahren rücksichtslos und laut, später als er alt wird, brummt er nur noch vor sich hin. Er wird kindisch, und da er in dem jahrelangen Studium des Türhüters auch die Flöhe in seinem Pelzkragen erkannt hat, bittet er auch die Flöhe, ihm zu helfen und den Türhüter umzustimmen. Schließlich wird sein Augenlicht schwach und er weiß nicht, ob es um ihn wirklich dunkler wird oder ob ihn nur seine Augen täuschen. Wohl aber erkennt er jetzt im Dunkel einen Glanz, der unverlöschlich aus der Türe des Gesetzes bricht. Nun lebt er nicht mehr lange. Vor seinem Tode sammeln sich in seinem Kopfe alle Erfahrungen der ganzen Zeit zu einer Frage, die er bisher an den Türhüter noch nicht gestellt hat. Er winkt ihm zu, da er seinen erstarrenden Körper nicht mehr aufrichten kann. Der Türhüter muss sich tief zu ihm hinunterneigen, denn der Größenunterschied hat sich sehr zu ungunsten des Mannes verändert. »Was willst du denn jetzt noch wissen?«, fragt der Türhüter, »du bist unersättlich.« »Alle streben doch nach dem Gesetz«, sagt der Mann, »wieso kommt es, dass in den vielen Jahren niemand außer mir Einlass verlangt hat.« Der Türhüter erkennt, dass der Mann schon an seinem Ende ist und, um sein vergehendes Gehör noch zu erreichen, brüllt er ihn an: »Hier konnte niemand sonst Einlass erhalten, denn dieser Eingang war nur für dich bestimmt. Ich gehe jetzt und schließe ihn.«

(1915)

Ein Traum

Josef K. träumte:

Es war ein schöner Tag und K. wollte spazieren gehn. Kaum aber hatte er zwei Schritte gemacht, war er schon auf dem Friedhof. Es waren dort sehr künstliche, unpraktisch gewundene Wege, aber er glitt über einen solchen Weg wie auf einem reißenden

Wasser in unerschütterlich schwebender Haltung. Schon von der Ferne fasste er einen frisch aufgeworfenen Grabhügel ins Auge, bei dem er Halt machen wollte. Dieser Grabhügel übte fast eine Verlockung auf ihn aus, und er glaubte gar nicht eilig genug hinkommen zu können. Manchmal aber sah er den Grabhügel kaum, er wurde ihm verdeckt durch Fahnen, deren Tücher sich wanden und mit großer Kraft aneinanderschlugen; man sah die Fahnenträger nicht, aber es war, als herrsche dort viel Jubel.

Während er den Blick noch in die Ferne gerichtet hatte, sah er plötzlich den gleichen Grabhügel neben sich am Weg, ja fast schon hinter sich. Er sprang eilig ins Gras. Da der Weg unter seinem abspringenden Fuß weiter raste, schwankte er und fiel gerade vor dem Grabhügel ins Knie. Zwei Männer standen hinter dem Grab und hielten zwischen sich einen Grabstein in der Luft; kaum war K. erschienen, stießen sie den Stein in die Erde, und er stand wie festgemauert. Sofort trat aus einem Gebüsch ein dritter Mann hervor, den K. gleich als einen Künstler erkannte. Er war nur mit Hosen und einem schlecht zugeknöpften Hemd bekleidet; auf dem Kopf hatte er eine Samtkappe; in der Hand hielt er einen gewöhnlichen Bleistift, mit dem er schon beim Näherkommen Figuren in der Luft beschrieb.

Mit diesem Bleistift setzte er nun oben auf dem Stein an; der Stein war sehr hoch, er musste sich gar nicht bücken, wohl aber musste er sich vorbeugen, denn der Grabhügel, auf den er nicht treten wollte, trennte ihn von dem Stein. Er stand also auf den Fußspitzen und stützte sich mit der linken Hand auf die Fläche des Steines. Durch eine besonders geschickte Hantierung gelang es ihm, mit dem gewöhnlichen Bleistift Goldbuchstaben zu erzielen; er schrieb: »Hier ruht –«. Jeder Buchstabe erschien rein und schön, tief geritzt und in vollkommenem Gold. Als er die zwei Worte geschrieben hatte, sah er nach K. zurück; K., der sehr begierig auf das Fortschreiten der Inschrift war, kümmerte sich kaum um den Mann, sondern blickte nur auf den Stein. Tatsächlich setzte der Mann wieder zum Weiterschreiben an, aber er konnte nicht, es bestand irgendein Hindernis, er ließ den Bleistift sinken und drehte sich wieder nach K. um. Nun sah auch K. den Künstler an und merkte, dass dieser in großer Verlegenheit war, aber die Ursache dessen nicht sagen konnte. Alle seine frühere Lebhaftigkeit war verschwunden. Auch K. geriet dadurch in Verlegenheit; sie wechselten hilflose Blicke; es lag ein hässliches Missverständnis vor, das keiner auflösen konnte. Zur Unzeit begann nun auch eine kleine Glocke von der Grabkapelle zu läuten, aber der Künstler fuchtelte mit der erhobenen Hand, und sie hörte auf. Nach einem Weilchen begann sie wieder; diesmal ganz leise und, ohne besondere Aufforderung, gleich abbrechend; es war, als wolle sie nur ihren Klang prüfen. K. war untröstlich über die Lage des Künstlers, er begann zu weinen und schluchzte lange in die vorgehaltenen Hände. Der Künstler wartete, bis sich K. beruhigt hatte, und entschloss sich dann, da er keinen anderen Ausweg fand, dennoch zum Weiterschreiben. Der erste kleine Strich, den er machte, war für K. eine Erlösung, der Künstler brachte ihn aber offenbar nur mit dem äußersten Widerstreben zustande; die Schrift war auch nicht mehr so schön, vor allem schien es an Gold zu fehlen, blass und unsicher zog sich der Strich hin, nur sehr groß wurde der Buchstabe. Es war ein J, fast war es schon beendet, da stampfte der Künstler wütend mit einem Fuß in den Grabhügel hinein, dass die dunkle Erde ringsum in die Höhe flog. Endlich verstand ihn K.; ihn abzubitten, war keine Zeit mehr; mit allen Fingern grub er in die Erde, die fast keinen Widerstand leistete; alles schien vorbereitet; nur zum Schein war eine dünne Erdkruste aufgerichtet; gleich hinter ihr öffnete sich mit abschüssigen Wänden ein großes Loch, in das K., von einer sanften Strömung auf den Rücken gedreht, versank. Während er aber unten, den Kopf im Genick noch aufgerichtet, schon von der undurchdringlichen Tiefe aufgenommen wurde, jagte oben sein Name mit mächtigen Zierraten* über den Stein.

Entzückt von diesem Anblick erwachte er.

(1917)

* Verzierungen.

Der neue Advokat

Wir haben einen neuen Advokaten, den Dr. Bucephalus*. In seinem Äußern erinnert wenig an die Zeit, da er noch Streitross Alexanders von Mazedonien** war. Wer allerdings mit den Umständen vertraut ist, bemerkt einiges. Doch sah ich letzthin selbst einen ganz einfältigen Gerichtsdiener auf der Freitreppe mit dem Fachblick des kleinen Stammgastes der Wettrennen den Advokaten bestaunen, als dieser, hoch die Schenkel hebend, mit auf dem Marmor aufklingendem Schritt von Stufe zu Stufe stieg.

Im allgemeinen billigt das Barreau*** die Aufnahme des Bucephalus. Mit erstaunlicher Einsicht sagt man sich, dass Bucephalus bei der heutigen Gesellschaftsordnung in einer schwierigen Lage ist und dass er deshalb, sowie auch wegen seiner weltgeschichtlichen Bedeutung, jedenfalls Entgegenkommen verdient. Heute – das kann niemand leugnen – gibt es keinen großen Alexander. Zu morden verstehn zwar manche: auch an der Geschicklichkeit, mit der Lanze über den Banketttisch hinweg den Freund zu treffen, fehlt es nicht; und vielen ist Mazedonien zu eng, so

* »Bucephalus« hieß das berühmteste Streitross der Antike.
** Alexander der Große.
*** Advokatur, Anwaltschaft.

dass sie Philipp*, den Vater, verfluchen –, aber niemand, niemand kann nach Indien führen. Schon damals waren Indiens Tore unerreichbar, aber ihre Richtung war durch die Spitze des Königsschwertes bezeichnet. Heute sind die Tore ganz anderswohin und weiter und höher vertragen; niemand zeigt die Richtung; viele halten Schwerter, aber nur, um mit ihnen zu fuchteln; und der Blick, der ihnen folgen will, verwirrt sich.

Vielleicht ist es deshalb wirklich das Beste, sich, wie es Bucephalus getan hat, in die Gesetzbücher zu versenken. Frei, unbedrückt die Seiten von den Lenden des Reiters, bei stiller Lampe, fern dem Getöse der Alexanderschlacht, liest und wendet er die Blätter unserer alten Bücher.

(1917)

Schakale und Araber

Wir lagerten in der Oase. Die Gefährten schliefen. Ein Araber, hoch und weiß, kam an mir vorüber; er hatte die Kamele versorgt und ging zum Schlafplatz.

Ich warf mich rücklings ins Gras; ich wollte schlafen; ich konnte nicht; das Klagegeheul eines Schakals in der Ferne; ich saß wieder aufrecht. Und was so weit gewesen war, war plötzlich nah. Ein Gewim-

* Philipp II. (um 382 v. Chr.), Vater Alexanders des Großen.

mel von Schakalen um mich her; in mattem Gold erglänzende, verlöschende Augen; schlanke Leiber wie unter einer Peitsche gesetzmäßig und flink bewegt.

Einer kam von rückwärts; drängte sich, unter meinem Arm durch, eng an mich, als brauche er meine Wärme; trat dann vor mich und sprach, fast Aug' in Aug' mit mir:

»Ich bin der älteste Schakal, weit und breit. Ich bin glücklich, dich noch hier begrüßen zu können. Ich hatte schon die Hoffnung ganz aufgegeben, denn wir warten unendlich lange auf dich; meine Mutter hat gewartet und ihre Mutter und weiter alle ihre Mütter bis hinauf zur Mutter aller Schakale. Glaube es!«

»Das wundert mich«, sagte ich und vergaß, den Holzstoß anzuzünden, der bereit lag, um mit seinem Rauch die Schakale abzuhalten; »das wundert mich sehr zu hören. Nur zufällig komme ich aus dem hohen Norden und bin auf einer kurzen Reise begriffen. Was wollt ihr denn, Schakale?«

Und wie ermutigt durch diesen vielleicht allzu freundlichen Zuspruch, zogen sie ihren Kreis enger um mich; alle atmeten kurz und fauchend.

»Wir wissen«, begann der Älteste, »dass du vom Norden kommst, darauf eben baut sich unsere Hoffnung. Dort ist der Verstand, der hier unter den Arabern nicht zu finden ist. Aus diesem kaltem Hochmut, weißt du, ist kein Funken Verstand zu schlagen.

Sie töten Tiere, um sie zu fressen, und Aas missachten sie.«

»Rede nicht so laut«, sagte ich, »es schlafen Araber in der Nähe.«

»Du bist wirklich ein Fremder«, sagte der Schakal, »sonst wüsstest du, dass noch niemals in der Weltgeschichte ein Schakal einen Araber gefürchtet hat. Fürchten sollten wir sie? Ist es nicht Unglück genug, dass wir unter solches Volk verstoßen sind?«

»Mag sein, mag sein«, sagte ich, »ich maße mir kein Urteil an in Dingen, die mir so fern liegen; es scheint ein sehr alter Streit; liegt also wohl im Blut; wird also vielleicht erst mit dem Blute enden.«

»Du bist sehr klug«, sagte der alte Schakal; und alle atmeten noch schneller, mit gehetzten Lungen, trotzdem sie doch stille standen; ein bitterer, zeitweilig nur mit zusammengeklemmten Zähnen erträglicher Geruch entströmte den offenen Mäulern, »du bist sehr klug; das, was du sagst, entspricht unserer alten Lehre. Wir nehmen ihnen also ihr Blut und der Streit ist zu Ende.«

»Oh!«, sagte ich wilder, als ich wollte, »sie werden sich wehren; sie werden mit ihren Flinten euch rudelweise niederschießen.«

»Du missverstehst uns«, sagte er, »nach Menschenart, die sich also auch im Norden nicht verliert. Wir, wir werden sie doch nicht töten. So viel Wasser hätte der Nil nicht, um uns rein zu waschen. Wir laufen doch schon vor dem bloßen Anblick ihres lebenden Leibes weg, in reinere Luft, in die Wüste, die deshalb unsere Heimat ist.«

Und alle Schakale ringsum, zu denen inzwischen noch viele von fernher gekommen waren, senkten die Köpfe zwischen die Vorderbeine und putzten sie mit den Pfoten; es war als wollten sie einen Widerwillen verbergen, der so schrecklich war, dass ich am liebsten mit einem hohen Sprung aus ihrem Kreis entflohen wäre.

»Was beabsichtigt ihr also zu tun?« fragte ich und wollte aufstehn; aber ich konnte nicht; zwei junge Tiere hatten sich mir hinten in Rock und Hemd festgebissen; ich musste sitzen bleiben. »Sie halten deine Schleppe«, sagte der alte Schakal erklärend und ernsthaft, »eine Ehrbezeigung«. »Sie sollen mich loslassen!« rief ich, bald zum Alten, bald zu den Jungen gewendet. »Sie werden es natürlich«, sagte der Alte, »wenn du es verlangst. Es dauert aber ein Weilchen, denn sie haben nach der Sitte zu tief sich eingebissen und müssen erst langsam die Gebisse voneinander lösen. Inzwischen höre unsere Bitte.« »Euer Verhalten hat mich dafür nicht sehr empfänglich gemacht«, sagte ich. »Lass uns unser Geschick nicht entgelten«, sagte er und nahm jetzt zum ersten Mal den Klageton seiner natürlichen Stimme zu Hilfe, »wir sind arme Tiere, wir haben nur das Gebiss; für alles, was wir tun wollen, das Gute und das Schlechte, bleibt uns einzig das Gebiss.« »Was willst du also?«, fragte ich, nur wenig besänftigt.

»Herr«, rief er, und alle Schakale heulten auf; in fernster Ferne schien es mir eine Melodie zu sein; »Herr, du sollst den Streit beenden, der die Welt entzweit. So, wie du bist, haben unsere Alten den beschrieben, der es tun wird. Frieden müssen wir haben von den Arabern; atembare Luft; gereinigt von ihnen den Ausblick rund am Horizont; kein Klagegeschrei eines Hammels, den der Araber absticht; ruhig soll alles Getier krepieren; ungestört soll es von uns leergetrunken und bis auf die Knochen gereinigt werden. Reinheit, nichts als Reinheit wollen wir«, – und nun weinten, schluchzten alle – »wie erträgst nur du es in dieser Welt, du edles Herz und süßes Eingeweide? Schmutz ist ihr Weiß; Schmutz ist ihr Schwarz; ein Grauen ist ihr Bart; speien muss man beim Anblick ihrer Augenwinkel; und heben sie den Arm, tut sich in der Achselhöhle die Hölle auf. Darum, o Herr, darum, o teuerer Herr, mit Hilfe deiner alles vermögenden Hände, mit Hilfe deiner alles vermögenden Hände schneide ihnen mit dieser Schere die Hälse durch!« Und einem Ruck seines Kopfes folgend kam ein Schakal herbei, der an einem Eckzahn eine kleine, mit altem Rost bedeckte Nähschere trug.

»Also endlich die Schere und damit Schluss!«, rief der Araberführer unserer Karawane, der sich gegen den Wind an uns herangeschlichen hatte und nun seine riesige Peitsche schwang.

Alles verlief sich eiligst; aber in einiger Entfernung blieben sie doch, eng zusammengekauert, die vielen Tiere, so eng und starr, dass es aussah wie eine schmale Hürde, von Irrlichtern umflogen.

»So hast du, Herr, auch dieses Schauspiel gesehen und gehört«, sagte der Araber und lachte so fröhlich, als es die Zurückhaltung seines Stammes erlaubte. »Du weißt also, was die Tiere wollen?«, fragte ich. »Natürlich Herr«, sagte er, »das ist doch allbekannt; solange es Araber gibt, wandert diese Schere durch die Wüste und wird mit uns wandern bis ans Ende der Tage. Jedem Europäer wird sie angeboten zu dem großen Werk; jeder Europäer ist gerade derjenige, welcher ihnen berufen scheint. Eine unsinnige Hoffnung haben diese Tiere; Narren, wahre Narren sind sie. Wir lieben sie deshalb; es sind unsere Hunde; schöner als die eurigen. Sieh nur, ein Kamel ist in der Nacht verendet, ich habe es herschaffen lassen.«

Vier Träger kamen und warfen den schweren Kadaver vor uns hin. Kaum lag er da, erhoben die Schakale ihre Stimmen. Wie von Stricken, unwiderstehlich jeder einzelne gezogen, kamen sie, stockend, mit dem Leib den Boden streifend, heran. Sie hatten die Araber vergessen, den Hass vergessen, die alles auslöschende Gegenwart des stark ausdunstenden Leichnams bezauberte sie. Schon hing einer am Hals und fand mit dem ersten Biss die Schlagader. Wie eine kleine rasende Pumpe, die ebenso unbedingt wie aussichtslos einen übermächtigen Brand löschen will, zerrte und zuckte jede Muskel seines Körpers an ihrem Platz. Und schon lagen in gleicher Arbeit alle auf dem Leichnam hoch zu Berg.

Da strich der Führer kräftig mit der scharfen Peitsche kreuz und quer über sie. Sie hoben die Köpfe; halb in Rausch und Ohnmacht; sahen die Araber vor sich stehen; bekamen jetzt die Peitsche mit den Schnauzen zu fühlen; zogen sich im Sprung zurück und liefen eine Strecke rückwärts. Aber das Blut des Kamels lag schon in Lachen da; rauchte empor; der Körper war an mehreren Stellen weit aufgerissen. Sie konnten nicht widerstehen; wieder waren sie da; wieder hob der Führer die Peitsche; ich fasste seinen Arm.

»Du hast recht, Herr«, sagte er, »wir lassen sie bei ihrem Beruf; auch ist es Zeit aufzubrechen. Gesehen hast du sie. Wunderbare Tiere, nicht wahr? Und wie sie uns hassen!«

(1917)

Ein Bericht für eine Akademie

Hohe Herren von der Akademie!

Sie erweisen mir die Ehre, mich aufzufordern, der Akademie einen Bericht über mein äffisches Vorleben einzureichen.

In diesem Sinne kann ich leider der Aufforderung nicht nachkommen. Nahezu fünf Jahre trennen mich vom Affentum, eine Zeit, kurz vielleicht am Kalender gemessen, unendlich lang aber durchzugaloppieren, so wie ich es getan habe, streckenweise begleitet von vortrefflichen Menschen, Ratschlägen, Beifall und Orchestralmusik, aber im Grunde allein, denn alle Begleitung hielt sich, um im Bilde zu bleiben, weit vor der Barriere. Diese Leistung wäre unmöglich gewesen, wenn ich eigensinnig hätte an meinem Ursprung, an den Erinnerungen der Jugend festhalten wollen. Gerade Verzicht auf jeden Eigensinn war das oberste Gebot, das ich mir auferlegt hatte; ich, freier Affe, fügte mich diesem Joch. Dadurch verschlossen sich mir aber ihrerseits die Erinnerungen immer mehr. War mir zuerst die Rückkehr, wenn die Menschen gewollt hätten, freigestellt durch das ganze Tor, das der Himmel über der Erde bildet, wurde es gleichzeitig mit meiner vorwärts gepeitschten Entwicklung immer niedriger und enger; wohler und eingeschlossener fühlte ich mich in der Menschenwelt; der Sturm, der mir aus meiner Vergangenheit nachblies, sänftigte sich; heute ist es nur ein Luftzug, der mir die Fersen kühlt; und das Loch in der Ferne, durch das er kommt und durch das ich einstmals kam, ist so klein geworden, dass ich, wenn überhaupt die Kräfte und der Wille hinreichen würden, um bis dorthin zurückzulaufen, das Fell vom Leib mir schinden müsste, um durchzukommen. Offen gesprochen, so gerne ich auch Bilder wähle für diese Dinge, offen gesprochen: Ihr Affentum, meine Herren, sofern Sie etwas Derartiges hinter sich haben, kann Ihnen nicht ferner sein als mir das meine. An der Ferse aber kitzelt es jeden, der hier auf Erden geht: den kleinen Schimpansen wie den großen Achilles*.

In eingeschränktestem Sinne aber kann ich doch vielleicht Ihre Anfrage beantworten, und ich tue es sogar mit großer Freude. Das erste, was ich lernte, war: den Handschlag geben; Handschlag bezeugt Offenheit; mag nun heute, wo ich auf dem Höhepunkte meiner Laufbahn stehe, zu jenem ersten Handschlag auch das offene Wort hinzukommen. Es wird für die Akademie nichts wesentlich Neues beibringen und weit hinter dem zurückbleiben, was man von mir verlangt hat und was ich beim besten Willen nicht sagen kann – immerhin: es soll die Richtlinie zeigen, auf welcher ein gewesener Affe in die Menschenwelt eingedrungen ist und sich dort festgesetzt hat. Doch dürfte ich selbst das Geringfügige, was folgt, gewiss nicht sagen, wenn ich meiner nicht völlig sicher wäre und meine Stellung auf allen großen Varietébühnen der zivilisierten Welt sich nicht bis zur Unerschütterlichkeit gefestigt hätte:

* Achilles: Held der antiken Mythologie, der unverletzbar war – bis auf die Ferse.

Ich stamme von der Goldküste. Darüber, wie ich eingefangen wurde, bin ich auf fremde Berichte angewiesen. Eine Jagdexpedition der Firma Hagenbeck* – mit dem Führer habe ich übrigens seither schon manche gute Flasche Rotwein geleert – lag im Ufergebüsch auf dem Anstand, als ich am Abend inmitten eines Rudels zur Tränke lief. Man schoss; ich war der einzige, der getroffen wurde; ich bekam zwei Schüsse.

Einen in die Wange; der war leicht, hinterließ aber eine große ausrasierte, rote Narbe, die mir den widerlichen, ganz und gar unzutreffenden, förmlich von einem Affen erfundenen Namen Rotpeter eingetragen hat, so als unterschiede ich mich von dem unlängst krepierten, hie und da bekannten, dressierten Affentier Peter nur durch den roten Fleck auf der Wange. Dies nebenbei.

Der zweite Schuss traf mich unterhalb der Hüfte. Er war schwer; er hat es verschuldet, dass ich noch heute ein wenig hinke. Letzthin las ich in einem Aufsatz irgendeines der zehntausend Windhunde, die sich in den Zeitungen über mich auslassen: meine Affennatur sei noch nicht ganz unterdrückt; Beweis dessen sei, dass ich, wenn Besucher kommen, mit Vorliebe die Hosen ausziehe, um die Einlaufstelle je-

* Von Carl Hagenbeck sen. (1810–1887), der 1863 in Hamburg einen berühmten Tierpark gründete.

nes Schusses zu zeigen. Dem Kerl sollte jedes Fingerchen seiner schreibenden Hand einzeln weggeknallt werden. Ich, ich darf meine Hosen ausziehen, vor wem es mir beliebt; man wird dort nichts finden als einen wohlgepflegten Pelz und die Narbe nach einem – wählen wir hier zu einem bestimmten Zweck ein bestimmtes Wort, das aber nicht missverstanden werden wolle – die Narbe nach einem frevelhaften Schuss. Alles liegt offen zutage; nichts ist zu verbergen; kommt es auf Wahrheit an, wirft jeder Großgesinnte die allerfeinsten Manieren ab. Würde dagegen jener Schreiber die Hosen ausziehen, wenn Besuch kommt, so hätte dies allerdings ein anderes Ansehen, und ich will es als Zeichen der Vernunft gelten lassen, dass er es nicht tut. Aber dann mag er mir auch mit seinem Zartsinn vom Halse bleiben!

Nach jenen Schüssen erwachte ich – und hier beginnt allmählich meine eigene Erinnerung – in einem Käfig im Zwischendeck des Hagenbeckschen Dampfers. Es war kein vierwandiger Gitterkäfig; vielmehr waren nur drei Wände an einer Kiste festgemacht; die Kiste also bildete die vierte Wand. Das Ganze war zu niedrig zum Aufrechtstehen und zu schmal zum Niedersitzen. Ich hockte deshalb mit eingebogenen, ewig zitternden Knien, und zwar, da ich zunächst wahrscheinlich niemanden sehen und immer nur im Dunkeln sein wollte, zur Kiste gewendet, während sich mir hinten die Gitterstäbe ins

Zeichnung von Franz Kafka

Fleisch einschnitten. Man hält eine solche Verwahrung wilder Tiere in der allerersten Zeit für vorteilhaft, und ich kann heute nach meiner Erfahrung nicht leugnen, dass dies im menschlichen Sinne tatsächlich der Fall ist.

Daran dachte ich aber damals nicht. Ich war zum ersten Mal in meinem Leben ohne Ausweg; zumindest geradeaus ging es nicht; gerade vor mir war die

Kiste, Brett fest an Brett gefügt. Zwar war zwischen den Brettern eine durchlaufende Lücke, die ich, als ich sie zuerst entdeckte, mit dem glückseligen Heulen des Unverstandes begrüßte, aber diese Lücke reichte bei weitem nicht einmal zum Durchstecken des Schwanzes aus und war mit aller Affenkraft nicht zu verbreitern.

Ich soll, wie man mir später sagte, ungewöhnlich wenig Lärm gemacht haben, woraus man schloss, dass ich entweder bald eingehen, oder dass ich, falls es mir gelingt, die erste kritische Zeit zu überleben, sehr dressurfähig sein werde. Ich überlebte diese Zeit. Dumpfes Schluchzen, schmerzhaftes Flöhesuchen, müdes Lecken einer Kokosnuss, Beklopfen der Kistenwand mit dem Schädel, Zungenblecken*, wenn mir jemand nahekam, – das waren meine ersten Beschäftigungen in dem neuen Leben. In alledem aber doch nur das eine Gefühl: kein Ausweg. Ich kann natürlich das damals affenmäßig Gefühlte heute nur mit Menschenworten nachzeichnen und verzeichne es infolgedessen, aber wenn ich auch die alte Affenwahrheit nicht mehr erreichen kann, wenigstens in der Richtung meiner Schilderung liegt sie, daran ist kein Zweifel.

Ich hatte doch so viele Auswege bis hierher gehabt und nun keinen mehr. Ich war festgerannt. Hätte

* Die Zunge herausstrecken.

man mich angenagelt, meine Freizügigkeit wäre dadurch nicht kleiner geworden. Warum das? Kratz dir das Fleisch zwischen den Fußzehen auf, du wirst den Grund nicht finden. Drück dich hinten gegen die Gitterstange, bis sie dich fast zweiteilt, du wirst den Grund nicht finden. Ich hatte keinen Ausweg, musste mir ihn aber verschaffen, denn ohne ihn konnte ich nicht leben. Immer an dieser Kistenwand – ich wäre unweigerlich verreckt. Aber Affen gehören bei Hagenbeck an die Kistenwand – nun, so hörte ich auf, Affe zu sein. Ein klarer, schöner Gedankengang, den ich irgendwie mit dem Bauch ausgeheckt haben muss, denn Affen denken mit dem Bauch.

Ich habe Angst, dass man nicht genau versteht, was ich unter Ausweg verstehe. Ich gebrauche das Wort in seinem gewöhnlichsten und vollsten Sinne. Ich sage absichtlich nicht Freiheit: ich meine nicht dieses große Gefühl der Freiheit nach allen Seiten. Als Affe kannte ich es vielleicht, und ich habe Menschen kennen gelernt, die sich danach sehnen. Was mich aber anlangt, wollte ich Freiheit weder damals noch heute. Nebenbei: mit Freiheit betrügt man sich unter Menschen allzu oft. Und so, wie die Freiheit zu den erhabensten Gefühlen zählt, so auch die entsprechende Enttäuschung zu den erhabensten. Oft habe ich in den Varietés vor meinem Auftreten irgendein Künstlerpaar oben an der Decke an Trapezen hantieren sehen. Sie schwangen sich, sie schaukelten, sie sprangen, sie schwebten einander in die Arme, einer trug den anderen an den Haaren mit dem Gebiss. »Auch das ist Menschenfreiheit«, dachte ich, »selbstherrliche Bewegung!« Du Verspottung der heiligen Natur! Kein Bau würde standhalten vor dem Gelächter des Affentums bei diesem Anblick.

Nein, Freiheit wollte ich nicht. Nur einen Ausweg; rechts, links, wohin immer, ich stellte keine anderen Forderungen. Sollte der Ausweg auch nur eine Täuschung sein, die Forderung war klein, die Täuschung würde nicht größer sein. Weiterkommen, weiterkommen! Nur nicht mit aufgehobenen Armen stillstehen, angedrückt an eine Kistenwand!

Heute sehe ich klar: ohne größte innere Ruhe hätte ich nie entkommen können. Und tatsächlich verdanke ich vielleicht alles, was ich geworden bin, der Ruhe, die mich nach den ersten Tagen dort im Schiff überkam. Die Ruhe wiederum aber verdankte ich wohl den Leuten vom Schiff.

Es sind gute Menschen, trotz allem. Gern erinnere ich mich noch heute an den Klang ihrer schweren Schritte, der damals in meinem Halbschlaf widerhallte. Sie hatten die Gewohnheit, alles äußerst langsam in Angriff zu nehmen. Wollte sich einer die Augen reiben, so hob er die Hand wie ein Hängegewicht. Ihre Scherze waren grob, aber herzlich. Ihr Lachen war immer mit einem gefährlich klingenden, aber nichts bedeutenden Husten gemischt. Immer hatten sie im Mund etwas zum Ausspeien, und wohin sie ausspieen, war ihnen gleichgültig. Immer klagten sie, dass meine Flöhe auf sie überspringen, aber doch waren sie mir deshalb niemals ernstlich böse; sie wussten eben, dass in meinem Fell Flöhe gedeihen und dass Flöhe Springer sind; damit fanden sie sich ab. Wenn sie dienstfrei waren, setzten sich manchmal einige im Halbkreis um mich nieder, sprachen kaum, sondern gurrten einander nur zu; rauchten, auf Kisten ausgestreckt, die Pfeife; schlugen sich aufs Knie, sobald ich die geringste Bewegung machte; und hie und da nahm einer einen Stecken und kitzelte mich dort, wo es mir angenehm war. Sollte ich heute eingeladen werden, eine Fahrt auf diesem Schiffe mitzumachen, ich würde die Einladung gewiss ablehnen, aber ebenso gewiss ist, dass es nicht nur hässliche Erinnerungen sind, denen ich dort im Zwischendeck nachhängen würde.

Die Ruhe, die ich mir im Kreise dieser Leute erwarb, hielt mich vor allem von jedem Fluchtversuch ab. Von heute aus gesehen scheint es mir, als hätte ich zumindest geahnt, dass ich einen Ausweg finden müsse, wenn ich leben wolle, dass dieser Ausweg aber nicht durch Flucht zu erreichen sei. Ich weiß nicht mehr, ob Flucht möglich war, aber ich glaube es; einem Affen sollte Flucht immer möglich sein. Mit meinen heutigen Zähnen muss ich schon beim gewöhnlichen Nüsseknacken vorsichtig sein, damals aber hätte es mir wohl im Lauf der Zeit gelingen müssen, das Türschloss durchzubeißen. Ich tat es nicht. Was wäre damit auch gewonnen gewesen? Man hätte mich, kaum war der Kopf hinausgesteckt, wieder eingefangen und in einen noch schlimmeren Käfig gesperrt, oder ich hätte mich unbemerkt zu anderen Tieren, etwa zu den Riesenschlangen mir gegenüber, flüchten können und mich in ihren Umarmungen ausgehaucht*, oder es wäre mir gar gelungen, mich bis aufs Deck zu stehlen und über Bord zu springen, dann hätte ich ein Weilchen auf dem Weltmeer geschaukelt und wäre ersoffen. Verzweiflungstaten. Ich rechnete nicht so menschlich, aber unter dem Einfluss meiner Umgebung verhielt ich mich so, wie wenn ich gerechnet hätte.

Ich rechnete nicht, wohl aber beobachtete ich in aller Ruhe. Ich sah diese Menschen auf und ab gehen; immer die gleichen Gesichter; die gleichen Bewegungen; oft schien es mir, als wäre es nur einer. Dieser Mensch oder diese Menschen gingen also unbehelligt. Ein hohes Ziel dämmerte mir auf. Niemand versprach mir, dass, wenn ich so wie sie werden würde, das Gitter aufgezogen werde. Solche Versprechungen für scheinbar unmögliche Erfüllungen werden nicht gegeben. Löst man aber die Erfüllungen

* Gestorben (nach der Vorstellung, dass die Seele beim letzten Ausatmen des Sterbenden den Körper verlässt).

ein, erscheinen nachträglich auch die Versprechungen genau dort, wo man sie früher vergeblich gesucht hat. Nun war an diesen Menschen an sich nichts, was mich sehr verlockte. Wäre ich ein Anhänger jener erwähnten Freiheit, ich hätte gewiss das Weltmeer dem Ausweg vorgezogen, der sich mir im trüben Blick dieser Menschen zeigte. Jedenfalls aber beobachtete ich sie schon lange vorher, ehe ich an solche Dinge dachte, ja die angehäuften Beobachtungen drängten mich erst in die bestimmte Richtung.

Es war so leicht, die Leute nachzuahmen. Spucken konnte ich schon den ersten Tag. Wir spuckten einander dann gegenseitig ins Gesicht; der Unterschied war nur, dass ich mein Gesicht nachher reinleckte, sie ihres nicht. Die Pfeife rauchte ich bald wie ein Alter; drückte ich dann auch noch den Daumen in den Pfeifenkopf, jauchzte das ganze Zwischendeck; nur den Unterschied zwischen der leeren und der gestopften Pfeife verstand ich lange nicht.

Die meiste Mühe machte mir die Schnapsflasche. Der Geruch peinigte mich; ich zwang mich mit allen Kräften; aber es vergingen Wochen, ehe ich mich überwand. Diese inneren Kämpfe nahmen die Leute merkwürdigerweise ernster als irgendetwas sonst an mir. Ich unterscheide die Leute auch in meiner Erinnerung nicht, aber da war einer, der kam immer wieder; allein oder mit Kameraden; bei Tag, bei Nacht; zu den verschiedensten Stunden; stellte sich mit der

Flasche vor mich hin und gab mir Unterricht. Er begriff mich nicht; er wollte das Rätsel meines Seins lösen. Er entkorkte langsam die Flasche und blickte mich dann an, um zu prüfen, ob ich verstanden habe; ich gestehe, ich sah ihm immer mit wilder, mit überstürzter Aufmerksamkeit zu; einen solchen Menschenschüler findet kein Menschenlehrer auf dem ganzen Erdenrund; nachdem die Flasche entkorkt war, hob er sie zum Mund; ich mit meinen Blicken ihm nach bis in die Gurgel; er nickt, zufrieden mit mir, und setzt die Flasche an die Lippen; ich, entzückt von allmählicher Erkenntnis, kratze mich quietschend der Länge und Breite nach, wo es sich trifft; er freut sich, setzt die Flasche an und macht einen Schluck; ich, ungeduldig und verzweifelt, ihm nachzueifern, verunreinige mich in meinem Käfig, was wieder ihm große Genugtuung macht; und nun weit die Flasche von sich streckend und im Schwung sie wieder hinaufführend, trinkt er sie, übertrieben lehrhaft zurückgebeugt, mit einem Zuge leer. Ich, ermattet von allzu großem Verlangen, kann nicht mehr folgen und hänge schwach am Gitter, während er den theoretischen Unterricht damit beendet, dass er sich grinsend den Bauch streicht.

Nun erst beginnt die praktische Übung. Bin ich nicht schon allzu erschöpft durch das Theoretische? Wohl, allzu erschöpft. Das gehört zu meinem Schicksal. Trotzdem greife ich, so gut ich kann, nach der hingereichten Flasche, entkorke sie zitternd; mit dem Gelingen stellen sich allmählich neue Kräfte ein; ich hebe die Flasche, vom Original schon kaum zu unterscheiden, setze sie an und -- und werfe sie mit Abscheu, mit Abscheu, trotzdem sie leer ist und nur noch der Geruch sie füllt, werfe sie mit Abscheu auf den Boden. Zur Trauer meines Lehrers, zur größeren Trauer meiner selbst; weder ihn noch mich versöhne ich dadurch, dass ich auch nach dem Wegwerfen nicht vergesse, ausgezeichnet meinen Bauch zu streichen und dabei zu grinsen.

Allzu oft nur verlief so der Unterricht. Und zur Ehre meines Lehrers: er war nicht böse; wohl hielt er mir manchmal die brennende Pfeife ans Fell, bis es irgendwo, wo ich nur schwer hinreichte, zu glimmen anfing, aber dann löschte er es selbst wieder mit seiner riesigen Hand; er war mir nicht böse; er sah ein, dass wir auf der gleichen Seite gegen die Affennatur kämpften und dass ich den schwereren Teil hatte.

Was für ein Sieg dann allerdings für ihn wie für mich, als ich eines Abends vor großem Zuschauerkreis – vielleicht war ein Fest, ein Grammophon spielte, ein Offizier erging sich zwischen den Leuten – als ich an diesem Abend, gerade unbeachtet, eine vor meinem Käfig versehentlich stehen gelassene Schnapsflasche ergriff, unter steigender Aufmerksamkeit der Gesellschaft sie schulgerecht entkorkte, an den Mund setzte und nun ohne Zögern, ohne Mundverziehen, als Trinker von Fach, mit rund gewälzten Augen, schwappender Kehle, wirklich und wahrhaftig leer trank, nicht mehr als Verzweifelter, sondern als Künstler sie hinwarf, zwar vergaß den Bauch zu streichen, dafür aber, weil ich nicht anders konnte, weil es mich drängte, weil mir die Sinne rauschten, kurz und gut: »Halloh!« ausrief, in Menschenlaut ausbrach, mit diesem Ruf in die Menschengemeinschaft sprang und ihr Echo: »Hört nur, er spricht!« wie einen Kuss auf meinem ganzen schweißtriefenden Körper fühlte.

Ich wiederhole: es verlockte mich nicht, die Menschen nachzuahmen; ich ahmte nach, weil ich einen Ausweg suchte, aus keinem andern Grund. Auch war mit jenem Sieg wenig getan. Die Stimme versagte mir sofort wieder; stellte sich erst nach Monaten ein; der Widerwille gegen die Schnapsflasche kam sogar noch verstärkter. Aber meine Richtung allerdings war mir ein für alle Mal gegeben.

Als ich in Hamburg dem ersten Dresseur übergeben wurde, erkannte ich bald die zwei Möglichkeiten, die mir offenstanden: zoologischer Garten oder Varieté. Ich zögerte nicht. Ich sagte mir: setze alle Kraft an, um ins Varieté zu kommen; das ist der Ausweg; zoologischer Garten ist nur ein neuer Gitterkäfig; kommst du in ihn, bist du verloren.

Und ich lernte, meine Herren! Ach, man lernt, wenn man muss; man lernt, wenn man einen Ausweg will; man lernt rücksichtslos. Man beaufsichtigt sich selbst mit der Peitsche; man zerfleischt sich beim geringsten Widerstand. Die Affennatur raste, sich überkugelnd, aus mir hinaus und weg, so dass mein erster Lehrer selbst davon fast äffisch wurde, bald den Unterricht aufgeben und in eine Heilanstalt gebracht werden musste. Glücklicherweise kam er bald wieder hervor.

Aber ich verbrauchte viele Lehrer, ja sogar einige Lehrer auf einmal. Als ich meiner Fähigkeiten schon sicherer geworden war, die Öffentlichkeit meinen Fortschritten folgte, meine Zukunft zu leuchten begann, nahm ich selbst Lehrer auf, ließ sie in fünf aufeinanderfolgenden Zimmern niedersetzen und lernte bei allen gleichzeitig, indem ich ununterbrochen aus einem Zimmer in das andere sprang.

Diese Fortschritte! Dieses Eindringen der Wissensstrahlen von allen Seiten ins erwachende Hirn! Ich leugne nicht: es beglückte mich. Ich gestehe aber auch ein: ich überschätzte es nicht, schon damals nicht, wieviel weniger heute. Durch eine Anstrengung, die sich bisher auf der Erde nicht wiederholt hat, habe ich die Durchschnittsbildung eines Europäers erreicht. Das wäre an sich vielleicht gar nichts, ist aber insofern doch etwas, als es mir aus dem Käfig half und mir diesen besonderen Ausweg, diesen Menschenausweg verschaffte. Es gibt eine ausgezeichnete deutsche Redensart: sich in die Büsche schlagen; das habe ich getan: ich habe mich in die Büsche geschlagen. Ich hatte keinen anderen Weg, immer vorausgesetzt, dass nicht die Freiheit zu wählen war.

Überblicke ich meine Entwicklung und ihr bisheriges Ziel, so klage ich weder, noch bin ich zufrieden. Die Hände in den Hosentaschen, die Weinflasche auf dem Tisch, liege ich halb, halb sitze ich im Schaukelstuhl und schaue aus dem Fenster. Kommt Besuch, empfange ich ihn, wie es sich gebührt. Mein Impresario sitzt im Vorzimmer; läute ich, kommt er und hört, was ich zu sagen habe. Am Abend ist fast immer Vorstellung, und ich habe wohl kaum mehr zu steigernde Erfolge. Komme ich spät nachts von Banketten, aus wissenschaftlichen Gesellschaften, aus gemütlichem Beisammensein nach Hause, erwartet mich eine kleine halbdressierte Schimpansin, und ich lasse es mir nach Affenart bei ihr wohlgehen. Bei Tag will ich sie nicht sehen; sie hat nämlich den Irrsinn des verwirrten dressierten Tieres im Blick; das erkenne nur ich, und ich kann es nicht ertragen.

Im ganzen habe ich jedenfalls erreicht, was ich erreichen wollte. Man sage nicht, es wäre der Mühe nicht wert gewesen. Im übrigen will ich keines Menschen Urteil; ich will nur Kenntnisse verbreiten: ich berichte nur; auch Ihnen, hohe Herren von der Akademie, habe ich nur berichtet.

(1917)

Vom jüdischen Theater

Mit Ziffern und mit Statistiken werde ich mich im Folgenden nicht abgeben; die überlasse ich den Geschichtsschreibern des jüdischen Theaters. Meine Absicht ist ganz einfach: einige Blätter Erinnerungen an das jüdische Theater mit seinen Dramen, seinen Schauspielern, seinem Publikum, so wie ich das alles in mehr als zehn Jahren gesehen, gelernt und mitgemacht habe, hier vorzulegen oder, anders gesagt, den Vorhang zu heben und die Wunde zu zeigen. Nur nach Erkenntnis der Krankheit lässt sich ein Heilmittel finden und möglicherweise das wahre jüdische Theater schaffen.

I

Für meine frommen chassidischen* Eltern in Warschau war natürlich das Theater ›trefe‹**, nicht anders als ›chaser‹***. Nur zu Purim† gab es ein Theater, denn dann klebte Vetter Chaskel einen großen schwarzen Bart auf sein kleines blondes Bärtchen,

* Chassidismus, von hebräisch *Chassidim* ›die Frommen‹, religiöse Bewegung im Judentum mit hohen moralischen Anforderungen im Bewusstsein großer Gottesnähe.

** Nicht koscher.

*** Jiddisch für »Schwein«.

† Fest zur Feier der Errettung des jüdischen Volkes vor der Ausrottung (vgl. das Buch Esther im Alten Testament).

zog den Kaftan* verkehrt an und spielte einen lustigen Handelsjuden – meine kleinen Kinderaugen haben sich von ihm nicht wenden können. Von allen Vettern war er mir der liebste, sein Beispiel ließ mir keine Ruhe und, kaum acht Jahre alt, habe ich schon im Cheder wie Vetter Chaskel gespielt. War der Rebbe** fort, dann war im Cheder regelmäßig Theater, ich war Direktor, Regisseur, kurz alles, auch die Prügel, die ich dann vom Rebbe bekam, waren die größten. Aber das störte uns nicht, der Rebbe hat geprügelt, wir aber haben doch jeden Tag andere Theaterspiele ausgedacht. Und das ganze Jahr war nur ein Hoffen und Beten: Purim möge kommen und ich soll wieder zusehn dürfen, wie Vetter Chaskel sich maskiert. Dass ich dann, sobald ich erwachsen bin, auch jeden Purim mich maskieren und singen und tanzen werde, wie Vetter Chaskel – das stand bei mir fest.

Dass man sich aber auch außer Purim maskiert und dass es noch viele Künstler wie Vetter Chaskel gibt, davon allerdings ahnte ich nichts. Bis ich einmal von Isruel Feldschers Buben hörte, dass es wirklich Theater gibt, wo man spielt und singt und sich maskiert und jeden Abend, nicht nur Purim, und dass es auch in Warschau solche Theater gibt und dass sein Vater

* Langes Seiden- oder Wollhemd, meist gegürtet.

** Jiddischer Ausdruck für »Rabbi«.

ihn schon einige Mal ins Theater mitgenommen hat. Diese Neuigkeit hat mich – ich war damals ungefähr zehn Jahre alt – geradezu elektrisiert. Ein heimliches nie geahntes Verlangen ergriff mich. Ich zählte die Tage, die noch vergehen mussten, bis ich erwachsen war und endlich selbst das Theater sehen durfte. Damals wusste ich noch nicht einmal, dass das Theater eine verbotene und sündhafte Sache ist. Bald erfuhr ich, dass sich gegenüber dem Rathaus das ›Große Theater‹ befindet, das beste, das schönste von ganz Warschau, ja von der ganzen Welt. Von da an hat mich schon der äußerliche Anblick des Gebäudes, wenn ich dort vorüberging, förmlich geblendet. Als ich mich aber einmal zu Hause erkundigte, wann wir endlich ins Große Theater gehen werden, hat man mich angeschrien: ein jüdisches Kind darf vom Theater nichts wissen; das ist nicht erlaubt; das Theater ist nur für die Gojim* und für die Sünder da. Diese Antwort genügte mir, ich fragte nicht weiter, aber Ruhe gab es mir nicht mehr, und ich fürchtete sehr, dass ich diese Sünde gewiss einmal begehn und, wenn ich älter sein werde, doch ins Theater werde gehen müssen.

Als ich einmal am Abend nach Jom Kippur** mit zwei Vettern am Großen Theater vorbeifuhr, auf der

* Jiddische Bezeichnung für Nichtjuden.
** »Versöhnungstag«, höchster jüdischer Feiertag.

Theaterstraße viele Leute waren und ich von dem ›unreinen‹ Theater gar nicht wegsehn konnte, fragte mich Vetter Majer: »Wolltest du auch dort oben sein?« Ich schwieg. Mein Schweigen gefiel ihm wahrscheinlich nicht und er fügte deshalb hinzu: »Jetzt, Kind, ist kein einziger Jud dort – bewahre der Himmel! Abend gleich nach Jom Kippur geht selbst der schlimmste Jud nicht ins Theater.« Dem entnahm ich aber nichts anderes, als dass zwar nach dem Ausgang des heiligen Jom Kippur kein Jude ins Theater geht, dass aber an den gewöhnlichen Abenden das ganze Jahr hindurch wohl viele Juden hingehn. In meinem vierzehnten Lebensjahr war ich zum ersten Mal im Großen Theater. So wenig ich auch von der Landessprache gelernt hatte, so konnte ich doch schon die Plakate lesen, und da las ich eines Tages, dass die Hugenotten* gespielt werden. Von Hugenotten hatte man schon in der ›Klaus‹ gesprochen, auch war das Stück von einem Juden ›Meier Beer‹** – und so gab ich mir selbst die Erlaubnis, kaufte eine Karte und am Abend war ich zum erstenmal im Leben im Theater.

* Gemeint ist die 1836 uraufgeführte Oper *Les Huguenots* von Giacomo Meyerbeer (1791–1864) über die Spannungen zwischen Protestanten und Katholiken Ende des 16. Jahrhunderts.

** Der jüdische Komponist deutscher Herkunft Giacomo Meyerbeer hieß urspr. Jakob Meyer Beer.

Was ich damals sah und fühlte, gehört nicht hierher, nur das eine: dass ich zur Überzeugung kam, man singe dort besser als Vetter Chaskel und maskiere sich auch viel schöner als er. Und noch eine Überraschung brachte ich mit: die Ballettmusik der Hugenotten hatte ich ja schon längst gekannt, die Melodien sang man ja in der ›Klaus‹ freitagabends zum Lecho Dodi*. Und ich konnte mir damals nicht erklären, wie es möglich sei, dass man im Großen Theater das spiele, was man in der ›Klaus‹ schon so lange singt. Von damals an wurde ich in der Oper ein häufiger Gast. Nur durfte ich nicht vergessen, zu jeder Vorstellung einen Kragen und ein Paar Manschetten zu kaufen und sie auf dem Nachhauseweg in die Weichsel zu werfen. Meine Eltern durften solche Dinge nicht sehen. Während ich mich an ›Wilhelm Tell‹** und ›Aida‹*** sättigte, waren meine Eltern im sichern Glauben, ich säße in der ›Klaus‹ über den Talmudfolianten† und studiere die heilige Schrift.

* Jüdisches liturgisches Lied.

** Vermutlich *Guillaume Tell*, die letzte Oper von Gioacchino Rossini (1792–1868), berühmt wegen ihrer Ouvertüre (›Kavalleriemusik‹), 1829 uraufgeführt.

*** Oper von Giuseppe Verdi (1813–1901), 1871 uraufgeführt.

† Talmud: nach dem Tanach die wichtigste Schrift des Judentums; Folianten: alte, großformatige, schwere Bände.

II

Einige Zeit nachher erfuhr ich, dass es auch ein jüdisches Theater gibt. Wie gern ich aber auch hingegangen wäre, ich getraute mich nicht, denn es hätte meinen Eltern allzu leicht verraten werden können. Ins Große Theater zur Oper dagegen ging ich häufig und später auch in das polnische dramatische Theater. In letzterem habe ich zum ersten Mal die ›Räuber‹* gesehn. Sehr überrascht hat es mich, dass man auch so schön Theater spielen kann ohne Gesang und Musik – das hätte ich nie gedacht – und merkwürdigerweise war ich dem Franz nicht böse, vielmehr hat er den größten Eindruck auf mich gemacht, ihn hätte ich gern gespielt, nicht den Karl.

Von den Kameraden in der ›Klaus‹ war ich der einzige, der es gewagt hat, ins Theater zu gehn. Im übrigen aber haben wir Burschen in der ›Klaus‹ uns schon mit allen, aufgeklärten Büchern gefüttert, damals las ich zum ersten Mal Shakespeare, Schiller, Lord Byron. Von der jiddischen Literatur kamen mir allerdings nur die großen Kriminalromane in die Hand, die uns Amerika in einer halb deutschen, halb jiddischen Sprache lieferte. Eine kurze Zeit verstrich, mir gab's keine Ruhe: ein jüdisches Theater in Warschau,

* Ein 1782 uraufgeführtes Schauspiel von Friedrich Schiller.

und ich soll es nicht sehn? Und ich habe es riskiert, alles auf die Karte gesetzt und ich bin ins jüdische Theater gegangen.

Das hat mich ganz umgewandelt. Schon vor Beginn des Spiels habe ich mich ganz anders gefühlt als bei ›jenen‹. Vor allem keine Herren in Frack, keine Damen im Dekolleté, kein Polnisch, kein Russisch, nur Juden aller Art, langgekleidete, kurzgekleidete, Frauen und Mädchen, bürgerlich angezogen. Und man sprach laut und ungeniert in der Muttersprache, ich bin niemandem aufgefallen mit meinem langen Kaftänchen und musste mich gar nicht schämen.

Gespielt hat man ein komisches Drama mit Gesang und Tanz in sechs Akten und zehn Bildern: Bal-Tschuwe* von Schumor**. Angefangen hat man nicht so pünktlich um acht Uhr wie im polnischen Theater, sondern erst gegen zehn Uhr und geendet erst spät nach Mitternacht. Der Liebhaber und der Intrigant haben ›hoch-deutsch‹ gesprochen und ich habe gestaunt, dass ich auf einmal – ohne von der deutschen Sprache eine Ahnung zu haben – so vortreffliches Deutsch so gut verstehen konnte. Nur der Komiker und die Soubrette*** haben jiddisch gesprochen. Im

* Wörtlich: »der Büßende«.

** Autor nicht ermittelbar.

*** Charge bzw. überzeichnete Figur der Kammerzofe (listig-verschmitzt).

allgemeinen hat es mir besser gefallen als die Oper, das dramatische Theater und die Operette zusammengenommen. Denn erstens war es doch jiddisch, deutsch-jiddisch zwar, aber doch jiddisch, ein besseres, schöneres Jiddisch, und zweitens war doch hier alles beisammen: Drama, Tragödie, Gesang, Komödie, Tanz, alles beisammen, das Leben! Die ganze Nacht habe ich vor Aufregung nicht geschlafen, das Herz sagte mir, dass auch ich einst im Tempel der jüdischen Kunst dienen, dass ich ein jüdischer Schauspieler werden soll.

Nächsten Tag aber nachmittags schickte der Vater die Kinder ins Nebenzimmer, nur die Mutter und mich hieß er bleiben. Instinktiv fühlte ich, dass hier eine ›Kasche‹* für mich gekocht wird. Der Vater sitzt nicht mehr; immer nur geht er im Zimmer auf und ab; die Hand am kleinen schwarzen Bart spricht er, nicht zu mir, sondern nur zur Mutter: »Du sollst wissen: er wird von Tag zu Tag schlimmer, gestern hat man ihn im jüdischen Theater gesehn.« Die Mutter faltet erschrocken die Hände, der Vater, ganz bleich, geht fortwährend im Zimmer auf und ab, mir krampft sich das Herz, wie ein Verurteilter sitze ich, ich kann den Schmerz meiner treuen frommen Eltern nicht ansehn. Ich kann mich heute nicht mehr erinnern, was ich damals sagte, nur das weiß ich, dass nach ei-

* Jiddisch: Problem.

nigen Minuten gedrückten Schweigens der Vater seine großen schwarzen Augen auf mich gerichtet und gesagt hat: »Mein Kind, gedenk, das wird dich weit, sehr weit führen« – und er hat recht gehabt.

(Achtes Oktavheft, Oktober/November 1917)

Die Sorge des Hausvaters

Die einen sagen, das Wort Odradek stamme aus dem Slawischen und sie suchen aufgrund dessen die Bildung des Wortes nachzuweisen. Andere wieder meinen, es stamme aus dem Deutschen, vom Slawischen sei es nur beeinflusst. Die Unsicherheit beider Deutungen aber lässt wohl mit Recht darauf schließen, dass keine zutrifft, zumal man auch mit keiner von ihnen einen Sinn des Wortes finden kann.

Natürlich würde sich niemand mit solchen Studien beschäftigen, wenn es nicht wirklich ein Wesen gäbe, das Odradek heißt. Es sieht zunächst aus wie eine flache sternartige Zwirnspule, und tatsächlich scheint es auch mit Zwirn bezogen; allerdings dürften es nur abgerissene, alte aneinander geknotete, aber auch ineinander verfitzte Zwirnstücke von verschiedenster Art und Farbe sein. Es ist aber nicht nur eine Spule, sondern aus der Mitte des Sternes kommt ein kleines Querstäbchen hervor, und an dieses Stäbchen fügt sich dann im rechten Winkel noch eines.

Die letzte Fotografie Franz Kafkas,
um 1923/24

Mit Hilfe dieses letzteren Stäbchens auf der einen Seite, und einer der Ausstrahlungen des Sternes auf der anderen Seite, kann das Ganze wie auf zwei Beinen aufrecht stehen.

Man wäre versucht zu glauben, dieses Gebilde hätte früher irgendeine zweckmäßige Form gehabt und jetzt sei es nur zerbrochen. Dies scheint aber nicht der Fall zu sein; wenigstens findet sich kein Anzeichen dafür; nirgends sind Ansätze oder Bruchstellen zu sehen, die auf etwas derartiges hinweisen würden; das Ganze erscheint zwar sinnlos, aber in seiner Art abgeschlossen. Näheres lässt sich übrigens nicht darüber sagen, da Odradek außerordentlich beweglich und nicht zu fangen ist.

Er hält sich abwechselnd auf dem Dachboden, in Treppenhaus, auf den Gängen, im Flur auf. Manchmal ist er monatelang nicht zu sehen; da ist er wohl in andere Häuser übersiedelt; doch kehrt er dann unweigerlich wieder in unser Haus zurück. Manchmal, wenn man aus der Tür tritt und er lehnt gerade unten am Treppengeländer, hat man Lust, ihn anzusprechen. Natürlich stellt man an ihn keine schwierigen Fragen, sondern behandelt ihn – schon seine Winzigkeit verführt dazu – wie ein Kind. »Wie heißt du denn?«, fragt man ihn. »Odradek«, sagt er. »Und wo wohnst du?« »Unbestimmter Wohnsitz«, sagt er und lacht; es ist aber nur ein Lachen, wie man es ohne Lungen hervorbringen kann. Es klingt etwa so, wie das Rascheln in gefallenen Blättern. Damit ist die Unterhaltung meist zu Ende: Übrigens sind selbst diese Antworten nicht immer zu erhalten; oft ist er lange stumm, wie das Holz, das er zu sein scheint.

Vergeblich frage ich mich, was mit ihm geschehen wird. Kann er denn sterben? Alles, was stirbt, hat vorher eine Art Ziel, eine Art Tätigkeit gehabt, und daran hat es sich zerrieben; das trifft bei Odradek nicht zu. Sollte er also einstmals etwa noch vor den Füßen meiner Kinder und Kindeskinder mit nachschleifendem Zwirnsfaden die Treppe hinunterkollern? Er schadet ja offenbar niemandem; aber die Vorstellung, dass er mich auch noch überleben sollte, ist mir eine fast schmerzliche.

(1919)

Der Kübelreiter

Verbraucht alle Kohle; leer der Kübel; sinnlos die Schaufel; Kälte atmend der Ofen; das Zimmer vollgeblasen von Frost; vor dem Fenster Bäume starr im Reif; der Himmel, ein silberner Schild gegen den, der von ihm Hilfe will. Ich muss Kohle haben; ich darf doch nicht erfrieren; hinter mir der erbarmungslose Ofen, vor mir der Himmel ebenso, infolgedessen muss ich scharf zwischendurch reiten und in der Mitte beim Kohlenhändler Hilfe suchen. Gegen meine gewöhnlichen Bitten aber ist er schon abgestumpft; ich muss ihm ganz genau nachweisen, dass ich kein einziges Kohlenstäubchen mehr habe und dass er daher für mich geradezu die Sonne am Firmament bedeutet. Ich muss kommen, wie der Bettler, der röchelnd vor Hunger an der Türschwelle verenden will und dem deshalb die Herrschaftsköchin den Bodensatz des letzten Kaffees einzuflößen sich entscheidet; ebenso muss mir der Händler, wütend, aber unter dem Strahl des Gebotes »Du sollst nicht töten!« eine Schaufel voll in den Kübel schleudern.

Meine Auffahrt schon muss es entscheiden; ich reite deshalb auf dem Kübel hin. Als Kübelreiter, die Hand oben am Griff, dem einfachsten Zaumzeug, drehe ich mich beschwerlich die Treppe hinab; unten aber steigt mein Kübel auf, prächtig, prächtig; Kamele, niedrig am Boden hingelagert, steigen, sich schüttelnd unter dem Stock des Führers, nicht schöner auf. Durch die fest gefrorene Gasse geht es in ebenmäßigem Trab; oft werde ich bis zur Höhe der ersten Stockwerke gehoben; niemals sinke ich bis zur Haustüre hinab. Und außergewöhnlich hoch schwebe ich vor dem Kellergewölbe des Händlers, in dem er tief unten an seinem Tischchen kauert und schreibt; um die übergroße Hitze abzulassen, hat er die Tür geöffnet.

»Kohlenhändler!«, rufe ich mit vor Kälte hohlgebrannter Stimme, in Rauchwolken des Atems gehüllt, »bitte, Kohlenhändler, gib mir ein wenig Kohle.

Mein Kübel ist schon so leer, dass ich auf ihm reiten kann. Sei so gut. Bis [Sobald] ich kann, bezahle ichs.«

Der Händler legt die Hand ans Ohr. »Hör ich recht?«, fragt er über die Schulter weg seine Frau, die auf der Ofenbank strickt, »hör ich recht? Eine Kundschaft.«

»Ich höre gar nichts«, sagt die Frau, ruhig aus- und einatmend über den Stricknadeln, wohlig im Rücken gewärmt.

»O ja«, rufe ich, »ich bin es; eine alte Kundschaft; treu ergeben; nur augenblicklich mittellos.«

»Frau«, sagt der Händler, »es ist, es ist jemand; so sehr kann ich mich doch nicht täuschen; eine alte, eine sehr alte Kundschaft muss es sein, die mir so zum Herzen zu sprechen weiß.«

»Was hast du, Mann?«, sagt die Frau und drückt, einen Augenblick ausruhend, die Handarbeit an die Brust, »niemand ist es; die Gasse ist leer; alle unsere Kundschaft ist versorgt; wir könnten für Tage das Geschäft sperren und ausruhn.«

»Aber ich sitze hoch hier auf dem Kübel«, rufe ich, und gefühllose Tränen der Kälte verschleiern mir die Augen, »bitte seht doch herauf, Ihr werdet mich gleich entdecken; um eine Schaufel voll bitte ich; und gebt Ihr zwei, macht Ihr mich überglücklich. Es ist doch schon alle übrige Kundschaft versorgt. Ach, hörte ich es doch schon in dem Kübel klappern!«

»Ich komme«, sagt der Händler und kurzbeinig

will er die Kellertreppe emporsteigen, aber die Frau ist schon bei ihm, hält ihn beim Arm fest und sagt: »Du bleibst. Lässt du von Deinem Eigensinn nicht ab, so gehe ich hinauf. Erinnere Dich an Deinen schweren Husten heute nacht. Aber für ein Geschäft, und sei es auch nur ein eingebildetes, vergisst Du Frau und Kind und opferst Deine Lungen. Ich gehe.«

»Dann nenn ihm aber alle Sorten, die wir auf Lager haben; die Preise rufe ich Dir nach.« »Gut«, sagt die Frau und steigt zur Gasse auf. Natürlich sieht sie mich gleich.

»Frau Kohlenhändlerin«, rufe ich, »ergebenen Gruß; nur eine Schaufel Kohle; gleich hier in den Kübel; ich führe sie selbst nach Hause; eine Schaufel von der schlechtesten. Ich bezahle sie natürlich voll, aber nicht gleich, nicht gleich.« Was für ein Glockenklang sind die zwei Worte »nicht gleich« und wie sinnverwirrend mischen sie sich mit dem Abendläuten, das eben vom nahen Kirchturm zu hören ist!

»Was will er also haben?«, ruft der Händler. »Nichts«, ruft die Frau zurück, »es ist ja nichts; ich sehe nichts, ich höre nichts; nur sechs Uhr läutet es und wir schließen. Ungeheuer ist die Kälte; morgen werden wir wahrscheinlich doch viel Arbeit haben.«

Sie sieht nichts und hört nichts; aber dennoch löst sie das Schürzenband und versucht, mich mit der Schürze fortzuwehen. Leider gelingt es. Alle Vorzüge eines guten Reittieres hat mein Kübel; Widerstandskraft hat er nicht; zu leicht ist er; eine Frauenschürze jagt ihm die Beine vom Boden.

»Du Böse!«, rufe ich noch zurück, während sie, zum Geschäft sich wendend, halb verächtlich, halb befriedigt mit der Hand in die Luft schlägt, »du Böse! Um eine Schaufel von der schlechtesten habe ich gebeten und du hast sie mir nicht gegeben.« Und damit steige ich in die Regionen der Eisgebirge und verliere mich auf Nimmerwiedersehen.

(1917, gedruckt 1921)

Die Wahrheit über Sancho Pansa

Sancho Pansa, der sich übrigens dessen nie gerühmt hat, gelang es im Laufe der Jahre, durch Beistellung einer Menge Ritter- und Räuberromane in den Abend- und Nachtstunden seinen Teufel, dem er später den Namen Don Quixote gab, derart von sich abzulenken, dass dieser dann haltlos die verrücktesten Taten aufführte, die aber mangels eines vorbestimmten Gegenstandes, der eben Sancho Pansa hätte sein sollen, niemandem schadeten. Sancho Pansa, ein freier Mann, folgte gleichmütig, vielleicht aus einem gewissen Verantwortlichkeitsgefühl, dem Don Quixote auf seinen Zügen und hatte davon eine große und nützliche Unterhaltung bis an sein Ende.

(1917)

Poseidon

Poseidon saß an seinem Arbeitstisch und rechnete. Die Verwaltung aller Gewässer gab ihm unendliche Arbeit. Er hätte Hilfskräfte haben können, wie viel er wollte, und er hatte auch sehr viele, aber da er sein Amt sehr ernst nahm, rechnete er alles noch einmal durch und so halfen ihm die Hilfskräfte wenig. Man kann nicht sagen, dass ihn die Arbeit freute, er führte sie eigentlich nur aus, weil sie ihm auferlegt war, ja er hatte sich schon oft um fröhlichere Arbeit, wie er sich ausdrückte, beworben, aber immer, wenn man ihm dann verschiedene Vorschläge machte, zeigte es sich, dass ihm doch nichts so zusagte, wie sein bisheriges Amt. Es war auch sehr schwer, etwas anderes für ihn zu finden. Man konnte ihm doch unmöglich etwa ein bestimmtes Meer zuweisen; abgesehen davon, dass auch hier die rechnerische Arbeit nicht kleiner, sondern nur kleinlicher war, konnte der große Poseidon doch immer nur eine beherrschende Stellung bekommen. Und bot man ihm eine Stellung außerhalb des Wassers an, wurde ihm schon von der Vorstellung übel, sein göttlicher Atem geriet in Unordnung, sein eherner Brustkorb schwankte. Übrigens nahm man seine Beschwerden nicht eigentlich ernst; wenn ein Mächtiger quält, muss man ihm auch in der aussichtslosesten Angelegenheit scheinbar nachzugeben versuchen; an eine wirkliche Enthebung Poseidons von seinem Amt dachte niemand, seit Urbeginn war er zum Gott der Meere bestimmt worden und dabei musste es bleiben.

Am meisten ärgerte er sich – und dies verursachte hauptsächlich seine Unzufriedenheit mit dem Amt – wenn er von den Vorstellungen hörte, die man sich von ihm machte, wie er etwa immerfort mit dem Dreizack durch die Fluten kutschiere. Unterdessen saß er hier in der Tiefe des Weltmeeres und rechnete ununterbrochen, hie und da eine Reise zu Jupiter war die einzige Unterbrechung der Eintönigkeit, eine Reise übrigens, von der er meistens wütend zurückkehrte. So hatte er die Meere kaum gesehn, nur flüchtig beim eiligen Aufstieg zum Olymp, und niemals wirklich durchfahren. Er pflegte zu sagen, er warte damit bis zum Weltuntergang, dann werde sich wohl noch ein stiller Augenblick ergeben, wo er knapp vor dem Ende nach Durchsicht der letzten Rechnung noch schnell eine kleine Rundfahrt werde machen können.

(1920)

Ein Hungerkünstler

In den letzten Jahrzehnten ist das Interesse an Hungerkünstlern sehr zurückgegangen. Während es sich früher gut lohnte, große derartige Vorführungen in eigener Regie zu veranstalten, ist dies heute völlig unmöglich. Es waren andere Zeiten. Damals beschäftigte sich die ganze Stadt mit dem Hungerkünstler; von Hungertag zu Hungertag stieg die Teilnahme; jeder wollte den Hungerkünstler zumindest einmal täglich sehn; an den spätern Tagen gab es Abonnenten, welche tagelang vor dem kleinen Gitterkäfig saßen; auch in der Nacht fanden Besichtigungen statt, zur Erhöhung der Wirkung bei Fackelschein; an schönen Tagen wurde der Käfig ins Freie getragen, und nun waren es besonders die Kinder, denen der Hungerkünstler gezeigt wurde; während er für die Erwachsenen oft nur ein Spaß war, an dem sie der Mode halber teilnahmen, sahen die Kinder staunend, mit offenem Mund, der Sicherheit halber einander bei der Hand haltend, zu, wie er bleich, im schwarzen Trikot, mit mächtig vortretenden Rippen, sogar einen Sessel verschmähend, auf hingestreutem Stroh saß, einmal höflich nickend, angestrengt lächelnd Fragen beantwortete, auch durch das Gitter den Arm streckte, um seine Magerkeit befühlen zu lassen, dann aber wieder ganz in sich selbst versank, um niemanden sich kümmerte, nicht einmal um den für ihn so wichtigen Schlag der Uhr, die das einzige Möbelstück des Käfigs war, sondern nur vor sich hinsah mit fast geschlossenen Augen und hie und da aus einem winzigen Gläschen Wasser nippte, um sich die Lippen zu feuchten.

Außer den wechselnden Zuschauern waren auch ständige, vom Publikum gewählte Wächter da, merkwürdigerweise gewöhnlich Fleischhauer*, welche, immer drei gleichzeitig, die Aufgabe hatten, Tag und Nacht den Hungerkünstler zu beobachten, damit er nicht etwa auf irgendeine heimliche Weise doch Nahrung zu sich nehme. Es war das aber lediglich eine Formalität, eingeführt zur Beruhigung der Massen, denn die Eingeweihten wussten wohl, dass der Hungerkünstler während der Hungerzeit niemals, unter keinen Umständen, selbst unter Zwang nicht, auch das Geringste nur gegessen hätte: die Ehre seiner Kunst verbot dies. Freilich, nicht jeder Wächter konnte das begreifen, es fanden sich manchmal nächtliche Wachgruppen, welche die Bewachung sehr lax** durchführten, absichtlich in eine ferne Ecke sich zusammensetzten und dort sich ins Kartenspiel vertieften, in der offenbaren Absicht, dem Hungerkünstler eine kleine Erfrischung zu gönnen, die er ihrer Meinung nach aus irgendwelchen geheimen Vorräten hervorholen konnte. Nichts war dem Hungerkünstler quälender als solche Wächter; sie machten ihn trübselig; sie machten ihm das Hungern entsetzlich schwer; manchmal überwand er seine Schwäche und sang während dieser Wachzeit, solange er es

* Fleischer.

** locker.

nur aushielt, um den Leuten zu zeigen, wie ungerecht sie ihn verdächtigten. Doch half das wenig; sie wunderten sich dann nur über seine Geschicklichkeit, selbst während des Singens zu essen. Viel lieber waren ihm die Wächter, welche sich eng zum Gitter setzten, mit der trüben Nachtbeleuchtung des Saales sich nicht begnügten, sondern ihn mit den elektrischen Taschenlampen bestrahlten, die ihnen der Impresario* zur Verfügung stellte. Das grelle Licht störte ihn gar nicht, schlafen konnte er ja überhaupt nicht und ein wenig hindämmern konnte er immer, bei jeder Beleuchtung und zu jeder Stunde, auch im übervollen, lärmenden Saal. Er war sehr gerne bereit, mit solchen Wächtern die Nacht gänzlich ohne Schlaf zu verbringen; er war bereit, mit ihnen zu scherzen, ihnen Geschichten aus seinem Wanderleben zu erzählen, dann wieder ihre Erzählungen anzuhören, alles nur, um sie wachzuhalten, um ihnen immer wieder zeigen zu können, dass er nichts Essbares im Käfig hatte und dass er hungerte, wie keiner von ihnen es könnte. Am glücklichsten aber war er, wenn dann der Morgen kam, und ihnen auf seine Rechnung ein überreiches Frühstück gebracht wurde, auf das sie sich warfen mit dem Appetit gesunder Männer nach einer mühevoll durchwachten Nacht. Es gab zwar sogar Leute, die in diesem Frühstück eine ungebühr-

* Früher der Leiter oder auch Besitzer eines Opernhauses oder Theaters.

liche Beeinflussung der Wächter sehen wollten, aber das ging doch zu weit, und wenn man sie fragte, ob etwa sie nur um der Sache willen ohne Frühstück die Nachtwache übernehmen wollten, verzogen sie sich, aber bei ihren Verdächtigungen blieben sie dennoch.

Dieses allerdings gehörte schon zu den vom Hungern überhaupt nicht zu trennenden Verdächtigungen. Niemand war ja imstande, alle die Tage und Nächte beim Hungerkünstler ununterbrochen als Wächter zu verbringen, niemand also konnte aus eigener Anschauung wissen, ob wirklich ununterbrochen, fehlerlos gehungert worden war; nur der Hungerkünstler selbst konnte das wissen, nur er also gleichzeitig der von seinem Hungern vollkommen befriedigte Zuschauer sein. Er aber war wieder aus einem andern Grunde niemals befriedigt; vielleicht war er gar nicht vom Hungern so sehr abgemagert, dass manche zu ihrem Bedauern den Vorführungen fern bleiben mussten, weil sie seinen Anblick nicht ertrugen, sondern er war nur so abgemagert aus Unzufriedenheit mit sich selbst. Er allein nämlich wusste, auch kein Eingeweihter sonst wusste das, wie leicht das Hungern war. Es war die leichteste Sache von der Welt. Er verschwieg es auch nicht, aber man glaubte ihm nicht, hielt ihn günstigstenfalls für bescheiden, meist aber für reklamesüchtig oder gar für einen Schwindler, dem das Hungern allerdings leicht war, weil er es sich leicht zu machen verstand, und der auch noch die Stirn hatte, es halb zu gestehn. Das alles musste er hinnehmen, hatte sich auch im Laufe der Jahre daran gewöhnt, aber innerlich nagte diese Unbefriedigtheit immer an ihm, und noch niemals, nach keiner Hungerperiode – dieses Zeugnis musste man ihm ausstellen – hatte er freiwillig den Käfig verlassen. Als Höchstzeit für das Hungern hatte der Impresario vierzig Tage festgesetzt, darüber hinaus ließ er niemals hungern, auch in den Weltstädten nicht, und zwar aus gutem Grund. Vierzig Tage etwa konnte man erfahrungsgemäß durch allmählich sich steigernde Reklame das Interesse einer Stadt immer mehr aufstacheln, dann aber versagte das Publikum, eine wesentliche Abnahme des Zuspruches war festzustellen; es bestanden natürlich in dieser Hinsicht kleine Unterschiede zwischen den Städten und Ländern, als Regel aber galt, dass vierzig Tage die Höchstzeit war. Dann also am vierzigsten Tage wurde die Tür des mit Blumen umkränzten Käfigs geöffnet, eine begeisterte Zuschauerschaft erfüllte das Amphitheater, eine Militärkapelle spielte, zwei Ärzte betraten den Käfig, um die nötigen Messungen am Hungerkünstler vorzunehmen, durch ein Megaphon wurden die Resultate dem Saale verkündet, und schließlich kamen zwei junge Damen, glücklich darüber, dass gerade sie ausgelost worden waren, und wollten den Hungerkünstler aus dem Käfig ein paar Stufen hinabführen, wo auf einem kleinen Tischchen eine sorgfältig ausgewählte Krankenmahlzeit serviert war. Und in diesem Augenblick wehrte sich der Hungerkünstler immer. Zwar legte er noch freiwillig seine Knochenarme in die hilfsbereit ausgestreckten Hände der zu ihm hinabgebeugten Damen, aber aufstehen wollte er nicht. Warum jetzt gerade nach vierzig Tagen aufhören? Er hätte es noch lange, unbeschränkt lange ausgehalten; warum gerade jetzt aufhören, wo er im besten, ja noch nicht einmal im besten Hungern war? Warum wollte man ihn des Ruhmes berauben, weiter zu hungern, nicht nur der größte Hungerkünstler aller Zeiten zu werden, der er ja wahrscheinlich schon war, aber auch noch sich selbst zu übertreffen bis ins Unbegreifliche, denn für seine Fähigkeit zu hungern fühlte er keine Grenzen. Warum hatte diese Menge, die ihn so sehr zu bewundern vorgab, so wenig Geduld mit ihm; wenn er es aushielt, noch weiter zu hungern, warum wollte sie es nicht aushalten? Auch war er müde, saß gut im Stroh und sollte sich nun hoch und lang aufrichten und zu dem Essen gehn, das ihm schon allein in der Vorstellung Übelkeiten verursachte, deren Äußerung er nur mit Rücksicht auf die Damen mühselig unterdrückte. Und er blickte empor in die Augen der scheinbar so freundlichen, in Wirklichkeit so grausamen Damen und schüttelte den auf dem schwachen Halse überschweren Kopf. Aber dann geschah, was immer geschah. Der Impresario kam, hob stumm – die Musik machte das Reden unmöglich – die Arme über dem Hungerkünstler, so als lade er den Himmel ein, sich sein Werk hier auf dem Stroh einmal anzusehn, diesen bedauernswerten Märtyrer, welcher der Hungerkünstler allerdings war, nur in ganz anderem Sinn; fasste den Hungerkünstler um die dünne Taille, wobei er durch übertriebene Vorsicht glaubhaft machen wollte, mit einem wie gebrechlichen Ding er es hier zu tun habe; und übergab ihn – nicht ohne ihn im geheimen ein wenig zu schütteln, so dass der Hungerkünstler mit den Beinen und dem Oberkörper unbeherrscht hin und her schwankte – den inzwischen totenbleich gewordenen Damen. Nun duldete der Hungerkünstler alles; der Kopf lag auf der Brust, es war, als sei er hingerollt und halte sich dort unerklärlich; der Leib war ausgehöhlt; die Beine drückten sich im Selbsterhaltungstrieb fest in den Knien aneinander, scharrten aber doch den Boden, so als sei es nicht der wirkliche, den wirklichen suchten sie erst; und die ganze, allerdings sehr kleine Last des Körpers lag auf einer der Damen, welche hilfesuchend, mit fliegendem Atem – so hatte sie sich dieses Ehrenamt nicht vorgestellt – zuerst den Hals möglichst streckte, um wenigstens das Gesicht vor der Berührung mit dem Hungerkünstler zu bewahren, dann aber, da ihr dies nicht gelang und ihre glücklichere Gefährtin ihr nicht zu Hilfe kam, sondern sich damit begnügte, zitternd die Hand des Hungerkünstlers, dieses kleine Knochenbündel, vor sich herzutragen, unter dem entzückten Gelächter des Saales in Weinen ausbrach und von einem längst bereitgestellten Diener abgelöst werden musste. Dann kam das Essen, von dem der Impresario dem Hungerkünstler während eines ohnmachtähnlichen Halbschlafes ein wenig einflößte, unter lustigem Plaudern, das die Aufmerksamkeit vom Zustand des Hungerkünstlers ablenken sollte; dann wurde noch ein Trinkspruch auf das Publikum ausgebracht, welcher dem Impresario angeblich vom Hungerkünstler zugeflüstert worden war; das Orchester bekräftigte alles durch einen großen Tusch; man ging auseinander und niemand hatte das Recht, mit dem Gesehenen unzufrieden zu sein, niemand, nur der Hungerkünstler, immer nur er.

So lebte er mit regelmäßigen kleinen Ruhepausen viele Jahre, in scheinbarem Glanz, von der Welt geehrt, bei alledem aber meist in trüber Laune, die immer noch trüber wurde dadurch, dass niemand sie ernst zu nehmen verstand. Womit sollte man ihn auch trösten? Was blieb ihm zu wünschen übrig? Und wenn sich einmal ein Gutmütiger fand, der ihn bedauerte und ihm erklären wollte, dass seine Traurigkeit wahrscheinlich von dem Hungern käme, konnte es, besonders bei vorgeschrittener Hungerzeit, geschehn, dass der Hungerkünstler mit einem Wutausbruch antwortete und zum Schrecken aller wie ein Tier an dem Gitter zu rütteln begann. Doch hatte für solche Zustände der Impresario ein Strafmittel, das er gern anwandte. Er entschuldigte den Hungerkünstler vor versammeltem Publikum, gab zu, dass nur die durch das Hungern hervorgerufene, für satte Menschen nicht ohne weiteres begreifliche Reizbarkeit das Benehmen des Hungerkünstlers verzeihlich machen könne; kam dann im Zusammenhang damit auch auf die ebenso zu erklärende Behauptung des Hungerkünstlers zu sprechen, er könnte noch viel länger hungern, als er hungere; lobte das hohe Streben, den guten Willen, die große Selbstverleugnung, die gewiss auch in dieser Behauptung enthalten seien; suchte dann aber die Behauptung einfach genug durch Vorzeigen von Photographien, die gleichzeitig verkauft wurden, zu widerlegen, denn auf den Bildern sah man den Hungerkünstler an einem vierzigsten Hungertag, im Bett, fast verlöscht vor Entkräftung. Diese dem Hungerkünstler zwar wohlbekannte, immer aber von neuem ihn entnervende Verdrehung der Wahrheit war ihm zuviel. Was die Folge der vorzeitigen Beendigung des Hungerns war, stellte man hier als die Ursache dar! Gegen diesen Unverstand, gegen diese Welt des Unverstandes zu kämpfen, war unmöglich. Noch hatte er immer wieder in gutem Glauben begierig am Gitter dem Impresario zugehört, beim Erscheinen der Photographien aber ließ er das

Gitter jedes Mal los, sank mit Seufzen ins Stroh zurück, und das beruhigte Publikum konnte wieder herankommen und ihn besichtigen.

Wenn die Zeugen solcher Szenen ein paar Jahre später daran zurückdachten, wurden sie sich oft selbst unverständlich. Denn inzwischen war jener erwähnte Umschwung eingetreten; fast plötzlich war das geschehen; es mochte tiefere Gründe haben, aber wem lag daran, sie aufzufinden; jedenfalls sah sich eines Tages der verwöhnte Hungerkünstler von der vergnügungssüchtigen Menge verlassen, die lieber zu anderen Schaustellungen strömte. Noch einmal jagte der Impresario mit ihm durch halb Europa, um zu sehn, ob sich nicht noch hie und da das alte Interesse wiederfände; alles vergeblich; wie in einem geheimen Einverständnis hatte sich überall geradezu eine Abneigung gegen das Schauhungern ausgebildet. Natürlich hatte das in Wirklichkeit nicht plötzlich so kommen können, und man erinnerte sich jetzt nachträglich an manche zu ihrer Zeit im Rausch der Erfolge nicht genügend beachtete, nicht genügend unterdrückte Vorboten, aber jetzt etwas dagegen zu unternehmen, war zu spät. Zwar war es sicher, dass einmal auch für das Hungern wieder die Zeit kommen werde, aber für die Lebenden war das kein Trost. Was sollte nun der Hungerkünstler tun? Der, welchen Tausende umjubelt hatten, konnte sich nicht in Schaubuden auf kleinen Jahrmärkten zeigen, und um einen andern Beruf zu ergreifen, war der Hungerkünstler nicht nur zu alt, sondern vor allem dem Hungern allzu fanatisch ergeben. So verabschiedete er denn den Impresario, den Genossen einer Laufbahn ohnegleichen, und ließ sich von einem großen Zirkus schnell engagieren; um seine Empfindlichkeit zu schonen, sah er die Vertragsbedingungen gar nicht an.

Ein großer Zirkus mit seiner Unzahl von einander immer wieder ausgleichenden und ergänzenden Menschen und Tieren und Apparaten kann jeden und zu jeder Zeit gebrauchen, auch einen Hungerkünstler, bei entsprechend bescheidenen Ansprüchen natürlich, und außerdem war es ja in diesem besonderen Fall nicht nur der Hungerkünstler selbst, der engagiert wurde, sondern auch sein alter berühmter Name, ja man konnte bei der Eigenart dieser im zunehmenden Alter nicht abnehmenden Kunst nicht einmal sagen, dass ein ausgedienter, nicht mehr auf der Höhe seines Könnens stehender Künstler sich in einen ruhigen Zirkusposten flüchten wolle, im Gegenteil, der Hungerkünstler versicherte, dass er, was durchaus glaubwürdig war, eben so gut hungere wie früher, ja er behauptete sogar, er werde, wenn man ihm seinen Willen lasse, und dies versprach man ihm ohne weiteres, eigentlich erst jetzt die Welt in berechtigtes Erstaunen setzen, eine Behauptung allerdings, die mit Rücksicht auf die Zeitstimmung, welche der Hungerkünstler im Eifer leicht vergaß, bei den Fachleuten nur ein Lächeln hervorrief.

Im Grunde aber verlor auch der Hungerkünstler den Blick für die wirklichen Verhältnisse nicht und nahm es als selbstverständlich hin, dass man ihn mit seinem Käfig nicht etwa als Glanznummer mitten in die Manege stellte, sondern draußen an einem im übrigen recht gut zugänglichen Ort in der Nähe der Stallungen unterbrachte. Große, bunt gemalte Aufschriften umrahmten den Käfig und verkündeten, was dort zu sehen war. Wenn das Publikum in den Pausen der Vorstellung zu den Ställen drängte, um die Tiere zu besichtigen, war es fast unvermeidlich, dass es beim Hungerkünstler vorüberkam und ein wenig dort haltmachte, man wäre vielleicht länger bei ihm geblieben, wenn nicht in dem schmalen Gang die Nachdrängenden, welche diesen Aufenthalt auf dem Weg zu den ersehnten Ställen nicht verstanden, eine längere ruhige Betrachtung unmöglich gemacht hätten. Dieses war auch der Grund, warum der Hungerkünstler vor diesen Besuchszeiten, die er als seinen Lebenszweck natürlich herbeiwünschte, doch auch wieder zitterte. In der ersten Zeit hatte er die Vorstellungspausen kaum erwarten können; entzückt hatte er der sich heranwälzenden Menge entgegengesehn, bis er sich nur zu bald – auch die hartnäckigste, fast bewusste Selbsttäuschung hielt den Erfahrungen nicht stand – davon überzeugte, dass es zumeist der

Absicht nach, immer wieder, ausnahmslos, lauter Stallbesucher waren. Und dieser Anblick von der Ferne blieb noch immer der schönste. Denn wenn sie bis zu ihm herangekommen waren, umtobte ihn sofort Geschrei und Schimpfen der ununterbrochen neu sich bildenden Parteien, jener, welche – sie wurde dem Hungerkünstler bald die peinlichere – ihn bequem ansehen wollte, nicht etwa aus Verständnis, sondern aus Laune und Trotz, und jener zweiten, die zunächst nur nach den Ställen verlangte. War der große Haufe vorüber, dann kamen die Nachzügler, und diese allerdings, denen es nicht mehr verwehrt war, stehen zu bleiben, solange sie nur Lust hatten, eilten mit langen Schritten, fast ohne Seitenblick, vorüber, um rechtzeitig zu den Tieren zu kommen. Und es war kein allzu häufiger Glücksfall, dass ein Familienvater mit seinen Kindern kam, mit dem Finger auf den Hungerkünstler zeigte, ausführlich erklärte, um was es sich hier handelte, von früheren Jahren erzählte, wo er bei ähnlichen, aber unvergleichlich großartigeren Vorführungen gewesen war, und dann die Kinder, wegen ihrer ungenügenden Vorbereitung von Schule und Leben her, zwar immer noch verständnislos blieben – was war ihnen Hungern? – aber doch in dem Glanz ihrer forschenden Augen etwas von neuen, kommenden, gnädigeren Zeiten verrieten. Vielleicht, so sagte sich der Hungerkünstler dann manchmal, würde alles doch ein wenig besser werden, wenn sein Standort nicht gar so nahe bei den Ställen wäre. Den Leuten wurde dadurch die Wahl zu leicht gemacht, nicht zu reden davon, dass ihn die Ausdünstungen der Ställe, die Unruhe der Tiere in der Nacht, das Vorübertragen der rohen Fleischstücke für die Raubtiere, die Schreie bei der Fütterung sehr verletzten und dauernd bedrückten. Aber bei der Direktion vorstellig zu werden, wagte er nicht; immerhin verdankte er ja den Tieren die Menge der Besucher, unter denen sich hie und da auch ein für ihn Bestimmter finden konnte, und wer wusste, wohin man ihn verstecken würde, wenn er an seine Existenz erinnern wollte und damit auch daran, dass er, genau genommen, nur ein Hindernis auf dem Weg zu den Ställen war.

Ein kleines Hindernis allerdings, ein immer kleiner werdendes Hindernis. Man gewöhnte sich an die Sonderbarkeit, in den heutigen Zeiten Aufmerksamkeit für einen Hungerkünstler beanspruchen zu wollen, und mit dieser Gewöhnung war das Urteil über ihn gesprochen. Er mochte so gut hungern, als er nur konnte; und er tat es, aber nichts konnte ihn mehr retten, man ging an ihm vorüber. Versuche, jemandem die Hungerkunst zu erklären! Wer es nicht fühlt, dem kann man es nicht begreiflich machen. Die schönen Aufschriften wurden schmutzig und unleserlich, man riss sie herunter, niemandem fiel es ein, sie zu ersetzen; das Täfelchen mit der Ziffer der abgeleisteten Hungertage, das in der ersten Zeit sorgfältig täglich erneut worden war, blieb schon längst immer das gleiche, denn nach den ersten Wochen war das Personal selbst dieser kleinen Arbeit überdrüssig geworden; und so hungerte zwar der Hungerkünstler weiter, wie er es früher einmal erträumt hatte, und es gelang ihm ohne Mühe ganz so, wie er es damals vorausgesagt hatte, aber niemand zählte die Tage, niemand, nicht einmal der Hungerkünstler selbst wusste, wie groß die Leistung schon war, und sein Herz wurde schwer. Und wenn einmal in der Zeit ein Müßiggänger stehen blieb, sich über die alte Ziffer lustig machte und von Schwindel sprach, so war das in diesem Sinn die dümmste Lüge, welche Gleichgültigkeit und eingeborene Bösartigkeit erfinden konnte, denn nicht der Hungerkünstler betrog, er arbeitete ehrlich, aber die Welt betrog ihn um seinen Lohn.

Doch vergingen wieder viele Tage, und auch das nahm ein Ende. Einmal fiel einem Aufseher der Käfig auf, und er fragte die Diener, warum man hier diesen gut brauchbaren Käfig mit dem verfaulten Stroh drinnen unbenützt stehen lasse; niemand wusste es, bis sich einer mit Hilfe der Ziffertafel an den Hungerkünstler erinnerte. Man rührte mit Stangen das Stroh auf und fand den Hungerkünstler darin, »Du hungerst noch immer«, fragte der Aufseher, »wann wirst du denn endlich aufhören?« »Verzeiht mir alle«, flüsterte der Hungerkünstler; nur der Aufseher, der das Ohr ans Gitter hielt, verstand ihn. »Gewiss«, sagte der Aufseher und legte den Finger an die Stirn, um damit den Zustand des Hungerkünstlers dem Personal anzudeuten, »wir verzeihen dir.« »Immerfort wollte ich, dass ihr mein Hungern bewundert«, sagte der Hungerkünstler. »Wir bewundern es auch«, sagte der Aufseher entgegenkommend. »Ihr sollt es aber nicht bewundern«, sagte der Hungerkünstler. »Nun, dann bewundern wir es also nicht«, sagte der Aufseher, »warum sollen wir es denn nicht bewundern?« »Weil ich hungern muss, ich kann nicht anders«, sagte der Hungerkünstler. »Da sieh mal einer«, sagte der Aufseher, »warum kannst du denn nicht anders?« »Weil ich«, sagte der Hungerkünstler, hob das Köpfchen ein wenig und sprach mit wie zum Kuss gespitzten Lippen gerade in das Ohr des Aufsehers hinein, damit nichts verloren ginge, »weil ich nicht die Speise finden konnte, die mir schmeckt. Hätte ich sie gefunden, glaube mir, ich hätte kein Aufsehen gemacht und mich vollgegessen wie du und alle.« Das waren die letzten Worte, aber noch in seinen gebrochenen Augen war die feste, wenn auch nicht mehr stolze Überzeugung, dass er weiterhungre.

»Nun macht aber Ordnung!«, sagte der Aufseher, und man begrub den Hungerkünstler samt dem Stroh. In den Käfig aber gab man einen jungen Panther. Es war eine selbst dem stumpfsten Sinn fühlbare Erholung, dem so lange öden Käfig dieses wilde Tier sich herumwerfen zu sehn. Ihm fehlte nichts. Die Nahrung, die ihm schmeckte, brachten ihm ohne langes Nachdenken die Wächter; nicht einmal die Freiheit schien er zu vermissen; dieser edle, mit allem Nötigen bis knapp zum Zerreißen ausgestattete Körper schien auch die Freiheit mit sich herumzutragen; irgendwo im Gebiss schien sie zu stecken; und die Freude am Leben kam mit derart starker Glut aus seinem Rachen, dass es für die Zuschauer nicht leicht war, ihr standzuhalten. Aber sie überwanden sich, umdrängten den Käfig und wollten sich gar nicht fortrühren.

(1922)

Tintenzeichnung von Franz Kafka

Textnachweise

GW Franz Kafka: Gesammelte Werke. Hrsg. von Max Brod. Frankfurt a. M.: S. Fischer, 1950–74.
- Bd. 3: Hochzeitsvorbereitungen auf dem Lande und andere Prosa aus dem Nachlaß. 1966.
- Bd. 7: Tagebücher 1910–1923. 1954.
- Bd. 9: Briefe an Felice und andere Korrespondenzen aus der Verlobungszeit. Hrsg. von Erich Heller und Jürgen Born. 1967.

GS Franz Kafka: Gesammelte Schriften. Hrsg. von Max Brod. Frankfurt a. M.: S. Fischer [Lizenzausgabe von Schocken Books, New York], 1946.
- Bd. 5: Beschreibung eines Kampfes. Novellen, Skizzen, Aphorismen. Aus dem Nachlass.

B Briefe 1902–1924. Hrsg. von Max Brod. Frankfurt a. M.: Fischer Taschenbuchverlag, 1975.

Boh Bohemia. Jg. 83, Nr. 86 (27. März 1910; Osterbeilage).

DMZ Deutsche Montags-Zeitung (Berlin). 4. Jg., Nr. 13 (31. März 1913; 1. Beilage).

HB Herder-Blätter. Jg. 1, Nr. 4/5 (Oktoberheft 1912).

Hyp Hyperion. Eine Zweimonatsschrift. Hrsg. von Franz Blei und Carl Sternheim. Erste Folge. Erster Band. Erstes Heft (Januar/Februar 1908).

JP Das jüdische Prag. Eine Sammelschrift. Hrsg. von der Redaktion der »Selbstwehr« (Prag: Verlag der »Selbstwehr«, 1917).

Jud Der Jude. Eine Monatsschrift. Hrsg. von Martin Buber. Jg. 2. Oktoberheft und Novemberheft 1917.

Mar Marsyas. Eine Zweimonatsschrift. Hrsg. von Theodor Tagger [d. i. Ferdinand Bruckner]. Jg. 1, H. 1 (Juli/August 1917).

NR Die neue Rundschau. Jg. 33, H. 10 (Oktoberheft 1922).

NW Der neue Weg. Hrsg. von der Genossenschaft deutscher Bühnenangehöriger [Redaktion Herwarth Walden]. Jg. 38, H. 2 (6. Februar 1909).

PP Prager Presse. Jg. 1, Nr. 270 (25. Dezember 1921; Weihnachtsbeilage).

SW Selbstwehr. Unabhängige jüdische Wochenschrift. Hrsg. von Siegmund Kaznelson. Jg. 9, H. 1 (Juli/August 1917) und Jg. 13, Nr. 51/52 (19. Dezember 1919, Chanukkah-Nummer).

Zur Textgestalt

Die Texte folgen den genannten Ausgaben bzw. Zeitschriften und werden mit den jeweiligen Siglen sowie Seitenzahlen zitiert; wo möglich, wurde auf die Erstdrucke zurückgegriffen. Orthographie und Interpunktion wurden behutsam modernisiert; Druckfehler wurden stillschweigend eliminiert. Die Überschriften stammen vielfach nicht von Franz Kafka selbst, sondern von den Herausgebern seiner Texte.

Ouverture: B 14 ff.

I

»... so muss ich sagen, dass mir meine Erziehung in mancher Richtung sehr geschadet hat«

23 GW 7,685–689. | **31** GW 7,9 f.

II

»Man darf niemanden betrügen, auch nicht die Welt um ihren Sieg«

35 1 GW 7,16 f. | 2 GW 7,67. | **36** GW 7,26. | **37** 1 GW 7,212. | 2 GW 7,279. | 3 GW 7,308. | **38** 1 GW 7,443. | 2 GW 7,541. | 3 GW 7,544. | 4 GW 3,39–54 | **39** GS 5,216 ff.,295 ff.

III

Geschichten I

75 NW 62. | **77** Boh 39. | **78** Boh 39. | **79** Boh 39. | **80** Boh 39. | **81** Boh 39. | **83** HB 44. | **84** DMZ 6. | **85** 1 DMZ 6. | 2 Hyp 94.

IV

»Für den Fall, dass Sie sich meiner auch im geringsten nicht mehr erinnern können«

88 GW 9,43 f. | **90** GW 9,170ff. | **96** GW 9,236–240. | **104** GW 9,155 f.

V

»Diese empörenden Ärzte!«

107 1 GW 7,315. | 2 GW 7,248 f. | **108** GW 7,249–252. | **109** GW 7,249–252. | **113** GW 7,265 f. | **114** GW 7,296 f. | **116** GW 7,296 f. | **117** GW 7,310 ff.

VI

Geschichten II

119 SW 2 f. | **121** JP 32 f. | **125** Mar 81. | **126** Jud 488 ff. | **132** Jud 559–565. | **149** GW 3,154–159. | **157** SW 5 f. | **160** PP 22. | **164** GS 5,96. | **165** GS 5,100. | **166** NR 983–992.

Verzeichnis der Abbildungen

Hereinspaziert

GOETHE
zum Vergnügen
Reclam

HEINE
zum Vergnügen
Reclam

RINGELNATZ
zum Vergnügen
Reclam